「ねえねえモングレルさん、
ライナのこれどう？
可愛いよねっ！」

第二回熟成ウイスキー猥談バトル
「――勝者、モング
「ぐぁああああああああああ!?」
モングレル
チャック

レル!!!!!」
「失せろ——
〝男は尻の中にある前立腺を適度に刺激されると〟……
〝何度でも絶頂できる〟」
ディックバルト

「お？　おー、良いんじゃないか」
ライナ
ウルリカ
「……腰細いなぁライナ。もっと飯食ったほうが良いぞ」
「いやほらー……モングレル先輩そう言うタイプなんスもん……」

バスタード・ソードマン2

BASTARD・
SWORDS-MAN

ジェームズ・リッチマン

[ILLUSTRATOR]
マツセダイチ

CONTENTS

◎ BASTARD・SWORDS-MAN

［ILLUSTRATOR］マツセダイチ

プロローグ

『父さん、俺、これが欲しい』

その剣と出会ったのは、俺が六歳の頃。……そう、あの時の……しけた武器屋でのことだ。

〝この世界〟での父親に連れられて、辺境の開拓村から初めて町に出た時の出来事である。

俺は武器屋の前の籠《かご》に乱暴に突っ込まれていた安物の剣を見て、ピンと来たんだ。運命的な出会いだったと言っても良い。

『ええ？　モングレル、まだ店の中にも入ってないじゃないか？』

『これが良い。並んでるやつで、これが一番格好《かっこい》良い』

『そうか……？　お前は小さい頃からずっと独特な感性してるなぁ……』

俺はハルペリア王国辺境の貧乏くさい開拓村で生まれた。が、中身は日本で数十年生きてきた記憶を持つ人間だ。

前世では色々とサブカルに手を出していたので、自分がいわゆる異世界転生をしてしまったと自覚するのに時間はかからなかった。というより、両親の言葉がなんもわからなか

BASTARD・SWORDS-MAN

プロローグ

ったので言語修得に必死で、転生を疑う余裕もなかったのだが。

貧乏な辺境暮らしの中で必死に言語と生活様式を学び、両親の言うことをしっかり聞いて育った良い子ちゃんである。

生まれながらに身体も強かった。五歳の頃には〝ギフト〟っていう、わずかな人だけが生まれながらに持っていることがあるというすごい先天能力を持っていたことも判明したから、それはもう手のかからない子供だったと思う。家の手伝いだけでなく、開拓村で役立つ色々な物を作ってもいたしな。

そう、俺は大体の時は良い子ちゃんだったんだが……。この日だけは、結構駄々こねたんだよな。懐かしい。

『うーん、お客さんはその剣に目をつけたか。……お客さん、どうせ長いもんを買うならロングソードにしときなさい。普通の兵士さんや剣士はその長さは使わないし……子供用や非力な大人用だとしても、ショートソードの方が一般的だよ』

『これ！　これが良い！　これじゃないと嫌だ！　俺は決めた、これにする！』

『うお、随分と押しの強い子だなぁ……』

ショートソードよりは長く、ロングソードよりは短い中途半端な長さの剣。この世界じゃ主流の武器ってわけではない。というか、この世界のロングソードは長すぎる。魔力で身体強化できるからこそ得物もデカくなっているわけだから、まぁ合理的というか当然の違いではあるとは思うんだけれども。けどやっぱり、剣のサイズとしてロングソードはイメージ的にも慣れない。

だからかな。だから俺は、このなんともどっちつかずな、むしろ逆に〝それっぽい〟長さの剣にシンパシーを感じてしまったんだ。

『はは、ははは……普段はもっと、色々と聡明《そうめい》な子なんですがねえ』

『本当かい……？　まあ、見るだけなら好きにどうぞ』

父さんが籠の中の剣を引き抜いて、俺の前によく見えるよう近づけてくれた。

『安物だけど……モングレルは、これで良いんだな？　お金に余裕があるから、もうちょっと良いのも買えるんだぞ……？』

『俺はこいつが良い！』

『そう、か。これまでのお前の頑張りに比べたら安い買い物だが……あー、店主さん……この剣はなんていう剣なのかな？』

父から代金を受け取り、武器屋の主人は顎髭《あごひげ》を撫《な》でた。

『まあ、買ってくれるなら良いが、鞘《さや》はついとらんよ？　……そいつはショートソードの取り回しの良さもロングソードのリーチの長さもない、片手でも両手でも使える柄《つか》を持った剣……全てにおいて中途半端な造りだもんで、こう呼ばれてる。どっちつかずの剣《バスタードソード》とな』

へえ、バスタードソード。大でも小でもないどっちつかずの剣……。

『……良いじゃないか。俺にぴったりで。バスタードソード、気に入った！』

プロローグ

『はは、全く……今のモングレルにはまだ少し重いだろうが、買ったからにはしっかり練習するんだぞ？』

『おう！　わかってるって！』

『いやぁ、さすがにこのくらいの子供が振るには重すぎるんじゃないかなぁ……』

『いや振れる振れる。ほれ』

『うわぁっ⁉　ちょっと危ないよ君⁉　というかよく持てるな⁉』

『あ、すんません』

　それから俺はバスタードソードを愛剣とし、何度も何度も素振りや、試し切りをした。いつでもどこにでも持ち歩いて、常に一緒にい続けた。

　初めて手に入れたファンタジー世界らしい武器に浮かれ、その不幸な境遇《きょうぐう》に同情し、思い入れを深めていった。


　剣を買った時は六歳だったが、今じゃ俺も二十九歳。すっかりアラサーだ。肌の瑞々《みずみず》しさと胃袋の強靭《きょうじん》さに日々翳《かげ》りを感じる日々を過ごしている。だがこんな歳になった今でも、俺は元気におっさんギルドマンとしてバスタードソードを振り回している。

　確かにこのバスタードソードって奴《やつ》は、刀剣類の中じゃあまり人気がない。

　俺の背が伸びるにつれて〝確かに中途半端だなー〟って実感する機会も多くなっている。

　それでも俺は、二十年以上経《た》った今でもこのバスタードソードを使い続けている。もちろん、これからだってずっと一緒だぜ。
数少ない、ほら、……俺の家族が関《かか》わってる、思い出の品でもあるからな。

第一話　試験官と忌むべき太陽

重ね重ね、冬場は仕事がない。

ないってのはまぁあくまでギルドマンの話で、普通に屋内作業とかやってる所は変わらず忙しいんだけどな。ギルドマンに関して言えば本当に暇だ。

まず雪が降ってくると馬車の行き来がほぼなくなる。すると物流を守る護衛の仕事がなくなる。そして魔物の出現頻度も減るから、討伐任務も自然と消滅するわけだ。

となるとギルドマンに残された仕事は、街中での荷運びやら警備やらになる。その警備もほとんど〝レゴール警備部隊〟が請け負ってるから、割って入ることは難しい。蓄えのない奴《やつ》は大変だろうな。

とはいえ、景気の良い今なら期間工の仕事はいくらでもあるから、職にありつけないってことはない。スラムに乱立していたあばら屋が解体されて家が建つレベルだからな。レゴールの人口も増えたが、同じくらい新たな人手を求めてもいる。

だからまぁ、やれることは色々あるんだ。しかし冬場は仕事をしないっていう怠《なま》け者《もの》なギルドマンが多いのも、一つの事実である。

BASTARD・SWORDS-MAN

何故《なぜ》か？　寒くてめんどいからだ。わかりやすいだろ。

何を隠そう、俺もその一人だ。

「モングレルさん。今日はアイアンランクの新人さんたちの昇級試験があるのですが」

その日、ギルドの酒場の暖炉《だんろ》前でぬるいミルクを作っていた俺に、ミレーヌさんが声をかけてきた。

「ああ、もうそんな時期かぁ。今日の昼かい？」

「はい。モングレルさんにはその試験官をやっていただこうかと」

冬場は仕事がないせいでギルドも暇だ。

かといって暇なギルドマンたちを遊ばせておくのももったいないので、こういう時期には昇級試験なるものを行っている。

秋口にギルドマンになったひよっこルーキーたちも、さすがに数ヶ月もすれば尻に付いた殻も取れてくる。農民上がりのぼけっとした性格も多少は引き締まり、傭兵《ようへい》らしい風格が身につくものだ。ギルドとしてはそんな新人たちをそれぞれ再評価するため、冬季の昇級試験の参加を推奨しているのだ。ちなみに1から3までの数字が上がっていくのが昇級で、3から一つ上のランクの1に、つまりアイアン3からブロンズ1に行くのを昇格と呼んでいる。

まぁ、そもそもアイアンランクなんて受けられない仕事が多すぎて話にならんからな。

第一話　試験官と忌むべき太陽

稼ぎたい新人たちからしてみれば、今後の昇格に繋がる意味で待ちに待った機会だろうな。

「おお、良いよ。暇だしな。手当はいつも通りかい？」

「ありがとうございます。今回は人数が多いので、百ジェリーほど上乗せさせていただきますよ」

「刻むねぇ。まぁいいけどな。新人の面倒を見るのは先達《せんだつ》としての義務だ」

この昇級試験、俺も何度か試験官役として関わらせてもらっている。腐っても俺もブロンズ3だからな。アイアンのひよっこのオスやメスを判別するくらいのことはできるのだ。何より若い連中に顔を売っておく良い機会になる。

「おうモングレル、新人いびりでもするのか？」

「生意気な奴らは全員ボコボコにしてやっていいぞー、ガハハ」

「馬鹿野郎、俺はハルペリアで最も優しいギルドマンだぞ。偉そうにふんぞり返ってやるだけだよ」

「そりゃあ随分と謙虚《けんきょ》だねぇー」

さて、今年の新入りはどんな感じに育ったかな。

日頃の話は聞いてるし知っているが、直《じか》に試してみないとわからない部分もある。さてさて、楽しみだ。


「ようこそアイアンクラスのひよっこども。俺が今回の昇級試験の試験官のモングレルだ。

ブロンズ3の大先輩だぞ。生意気な口利いた奴は俺の一存で減点にしてやるから敬意を払っておけー」

ギルドに併設された、土の敷かれた修練場。

そこには今年の新入りたちがずらりと並び、……並んではいないか。適当にバラバラながら一箇所に固まっていた。

参加人数は二十人。もちろんここにいるのが今年の新人の全てではない。今回は近接役の能力試験だし、今日は予定が合わないって奴もいるからな。そんな連中は別の日に試験を受けることになるだろう。

やってきた当初はさんざん騒いでうるさかった新人たちも、さすがにこんな日には分を弁《わきま》える程度には育ってきた。

あとは培ってきた実力を確認するばかりだ。

「ここに集まったお前たちは近接役としてギルドマンを志望した脳筋どもだ。弓もできねえ魔法も使えねえ、けど近付いてぶん殴ることだけはできる力自慢ってわけだ。逆に言えば、それができない奴には厳しいのが近接役だ。今回はこの俺が、お前たちの自慢の力ってやつを評価してやる」

近接役は、剣や槍《やり》、盾や鎧《よろい》、とにかくファンタジーらしい装備を身に着けて戦う脳筋だ。

地味で普通な役割だが、これがいないと後衛の弓使いや魔法使いが危険に晒《さら》されてパーティーが崩壊する。何よりなんだかんだ言っても、最も魔物の首級《くび》を上げやすいのがこの近接役だ。

今回の試験では最低限、魔物を抑えられるだけの能力は示さなければならない。

ギルドマンになるだけなら自己申告だけでどうとでもなるが、上を目指すなら武器を持ってるだけじゃないってところを見せてもらわないとな。

「ほーらゴブリンだと思って打ち込めー」

「やぁあッ！」

試験内容は簡単。各々が得意とする得物を装備し、得意な方法で攻めかかるというもの。それを俺が受けて、評価する。実にシンプルだ。

お互いに木製の武器だし危険は少ない。俺は練習用の鎧も着込むし、カイトシールドで守ってるからな。

ただ攻めかかる時にあまりにも隙だらけだと、こっちから剣で反撃したりはする。当然反撃に当たれば減点だ。すぐ死ぬ近接役はいただけない。

「はい次、槍か。いいぞ、かかってこい」

「おう！」

とはいえ、冬まで真面目《まじめ》にやってきた連中はほとんど最低限のラインはクリアしている。もともと農家で力仕事をしてきただけに、普通に重い一撃を繰り出せるんだよな。ゴブリン駆除くらいならギルドマンになる前から経験者も多い。

今回昇級できないのはよほどセンスのない奴くらいだ。まあ、それも毎年必ず一定数はいるんだが……。

「くっ、守りが堅い……！」

「良い筋してるじゃねえか。なんか剣術やってたのか？」

「やってた、けど……！」

「ベテランブロンズを舐《な》めるなよ、ほれ」

「うわっ⁉」

活《い》きの良い奴はシールドバッシュでコカしてやる。

これも反撃ではあるが減点対象にはしない。むしろよくやったと褒めたいくらいだ。

……ふう。まぁ今回は九割方合格ってとこかな。

ほとんどがこっちのゴブリンっぽい乱打も冷静に受けられていたし、攻め手もなかなか良いのを持ってる。

ただ、落ちた奴は多分元々この仕事に向いてない。根本的なセンスとか……そういうのが足りてないんじゃねえかなぁ。

もっと練習に励むか期間工から就職を目指した方が良いだろう。残酷な話ではあるが死んでからじゃ遅いし、自分の命だけじゃ済まない仕事も増えてくるからな。

「よし、合格者にはもう一段上の対人試験を受けさせてやっても良いぞ。そいつをクリアすればさらに加点しといてやる」

「もう一段上？」

【第一話　試験官と忌むべき太陽】

「やるぜ俺は！」

「やるのか⁉　じゃあ俺も！」

「やるならやらなきゃな」

　んで、ここからは合格者向けの追加試験。

　ギルドが国から委託《いたく》されている適正試験みたいなやつだ。これに合格した奴は国から技能の加点が認められている。加点されると次からの昇級でちょっと有利になるから、まぁ受けといて損はない。損はないが、当然さっきまでの試験ほど楽でもない。

「ほれ、これがモーニングスターだ。……材質は木製だし棘《とげ》も丸いが、サングレール軍で採用されている長柄《ながえ》の最強武器だぞ」

　俺がその長槍《ながやり》にも似た長大な武器を見せてやると、若いギルドマンたちは思わず息を呑《の》んだ。

　モーニングスター。それはサングレール聖王国軍の主兵装であり、何万人ものハルペリア人を虐殺《ぎゃくさつ》してきた……この国における恐怖の象徴だ。

　前世じゃモーニングスターといえばメイスのような棍棒《こんぼう》サイズの、丸い鉄球だか木球に棘がたくさんついた世紀末的な武器だった。

　だがこの世界におけるモーニングスターはとにかく長く、棘の長さも不揃《ふぞろ》いだったりする。この武器を掲げた軍人たちが迫ってくる様子は、控えめに言って滅茶苦茶《めちゃくちゃ》怖い。

　身体強化した男がモーニングスターを振るえば、どんな鎧を着込んでいようと無駄というものだ。

鉄球に当たればおしまい。ならばどうするか。

「お前たちはこのモーニングスターを掻《か》い潜《くぐ》って敵の懐《ふところ》に入り込んで一撃を決めるか、鉄球部分に当たらずモーニングスターの柄を木剣で切るか。どっちかができれば合格ってことにしといてやる」

あまり慣れない武器だが、力任せに振り回す。

端を握って大きく振り切ってみたり。時に中央を握って振りを速く、接近戦にも対応するように。

ぶんぶんと風を切る俺の素振りを見て、若者たちが少し怖気付《おじけづ》いた。

「ただし、今回はさっきの打ち合いみたいにわざとノロノロとは動いてやらんぞ。あれはゴブリンとかホブゴブリン程度のスピードだからな。今回はサングレールの軍人を意識した、普通の速さでやってやる。それでも怖くない奴だけ参加するんだな」

「……やる！」

シールドバッシュでコカされた若者が、一番に声を上げた。

良いガッツだ。本音を言えばそれだけで加点してやりたいんだが、国からの指示なんでな。ご褒美はクリアできたらだ。

「私もやるわ！　そんな武器怖くないし！」

「さっきの試験はぬるいと思ってたんだ。面白いじゃんかよ」

「俺も俺も！」

まぁしかし、好き好んで近接役をやるだけあって、さすがにみんな戦意は十分だな。誰も萎縮しないとは。

……国としてはこうやって早くからサングレール軍との戦いに慣れさせたいんだろうなぁ。そう思うと世知辛いシステムだが。

「んじゃ、追加試験開始だ！　怪我《けが》には気を付けろよ！」

こうして始まったモーニングスターの試験では、およそ一割の奴が合格した。

クリアした奴は喜んで良いぞ。できなかった奴も悔しさをバネに頑張ってくれ。

あと、負けたからって俺をサングレール人のように恨むのはやめてくれ。俺はハルペリア人だから。役に入り込みすぎるなよ。

一応、終わった後でそれだけはしっかり釘《くぎ》を刺しておいた。変なことで差別意識出されても困るからな。

第二話　ギルドで作るハニータフィー

BASTARD・SWORDS-MAN

アイアンランクの連中が昇級すると、それが〝最低ライン〟として考えられているせいなのか知らんが、勧誘のようなものが活発になる。

というよりは引き抜きと言った方が良いのかな。今いるパーティーを辞めてうちに来ないか？　みたいなやつだ。

ある程度長く勤めて、実力もまあ自分の身を守れる程度にはある。そう判断されたひよっこたちは、ここで再びそれぞれの道を歩み始める。そんなパターンも結構多いのだ。

なにせギルドマンになりたての頃は、故郷を出た自分たちだけでパーティーを組むしかない。

何の後ろ盾もない、何をするかわからない学のないガキを丁重に守ってくれる親切な大人などいないのだ。無条件に親切にしてくれる大人がいるとすれば、そいつはただの詐欺師か人攫《ひとさら》いだろう。

「よし、ロラン。今日からお前も俺ら〝収穫の剣〟の一員だ。他と比べたら少々緩いとこだが、こんなんでも実力は本物って謳《うた》い文句《もんく》でやってるんだ。パーティーの名を汚さないよう、最初は厳しく指導していくからな。覚悟しろよ！」

「よ、よろしくお願いします！」

この時期、若者に人気のパーティーといえば間違いなく〝収穫の剣〟だ。

以前、不意の遭遇《そうぐう》にもかかわらず見事に討伐してみせたハーベストマンティスの噂《うわさ》はちょっとした英雄譚《えいゆうたん》として語られているし、時々酒場で吟遊詩人《ぎんゆうしじん》が歌ってもいるのだという。地元民の武勇伝は人気出るからな。まだしばらく〝大蟷螂《おおかまきり》討伐英雄譚〟は語り継がれることだろう。

そんな話題性もあって、〝収穫の剣〟への参加を希望する新入りは多かった。元々人数が多くてもやっていけるノリで運営してるとこだから、こういう時もなかなか強い。

レゴールでは複数の大手パーティーが良い感じに拮抗《きっこう》していたと思ってたんだが、ここに来て〝収穫の剣〟が突出《とっしゅつ》してきた感があるよな。

で、ちょっとかわいそうなのはメンバーを引き抜かれたパーティーだ。

「……俺たちどうしようか」

「大丈夫。俺たちだって昇級はしたんだ。きっと煙たがられてるわけじゃない。……同じようにはぐれたやつを見つけて組んでみたら良いんじゃないか。そうすれば人数は足りるだろうし……」

「だな……まだ冬だし、ゆっくり相手を選んでも大丈夫だろうけど……」

故郷を飛び出してから少人数でやってきたは良いものの、仲間の中で一番優秀な奴《やつ》を引っこ抜かれたのでは大変だ。今まで当たり前にできていたことができなくなる。そんな奴らは似た者同士で新たな共同体を作るのが通例だ。

ちなみにこの段階でほとんどの厨二《ちゅうに》ネームのパーティーが消滅し、高校生に上がったくらいのノリで落ち着いた名前に変わったりする。人の成長ってのは早いもんだぜ……。

「……あの、モングレル先輩」

「ん？　どうしたライナ」

俺がギルドの暖炉《だんろ》側の壁に寄りかかって温まっていると、ライナが声をかけてきた。

〝アルテミス〟は今日弓使いの新入りたちを見てやってたんだったかな。

「なにやってるんスか」

「なにって、ギルドで生まれる出会いと別れをじっと見守ってんだよ」

「……すげー怪しいっスね……」

「俺にとっちゃ生の映画を見ているようなもんだよ……」

「エイガってなんスか……別に知りたくはないスけど……いやそうじゃなくて」

ライナは暖炉を指さした。

正確には、そのすぐ側でぐつぐつ煮立っている小鍋をだが。

「アレ、モングレル先輩のスよね。なんなんスかアレ」

「ああ……あれは俺特製の蜂蜜《はちみつ》だよ」

「え、蜂蜜を火にかけてるんスか？　ギルドで？」

【第二話　ギルドで作るハニータフィー】

「エレナに聞いてみたら『常識的な範囲でなら別に良いですよ』って許可出してくれてな」

「……エレナさん、受付からすっごい訝《いぶか》しんでそうな目でモングレル先輩のこと見てるんスけど」

「ハーブと何種類かの香辛料、あとは柑橘類《かんきつるい》の汁を絞《しぼ》った特製の蜂蜜でな。……そろそろ良い頃だろう」

ギルドの壁の花になるのもいいが、料理を焦がすわけにはいかない。

俺は大きめのボウルを手に取って、ギルドの入り口へと歩いてゆく。

「ちょ、ちょっとモングレル先輩。火！　小鍋どうするんスか！」

「大丈夫、必要な材料をちょっと取ってくるだけだから」

「いやでもこれ既にグツグツいってるし……！」

ライナの慌てる声を聞きつつ、外へ。おお寒い寒い。

そしてすぐに再び中へ戻ってきた。

「持ってきたわ」

「えっ早……ってなんスかそれ、雪スか」

「ぎゅうぎゅうに固めた雪だぜ」

ボウルにはすりきり一杯に押し込んだ新雪が詰まっている。

まだ誰も踏んでない雪から拝借した、まぁ何か交じっててても雪の結晶を作る時のチリくらいの、この世界で言えば相当に清潔な水分である。

「この雪のボウルの上にだな、こうして沸騰してドロドロになった蜂蜜を……こう、短い線を描くように垂らす」

「おー……え、これなんか作ってるんスか」

「まあ見とけ。こうやって何本も線を描くように蜂蜜を垂らして……こんなもんか。そうしたら蜂蜜の端っこにこの適当な棒を当てて……」

雪の上に垂れた蜂蜜の端から、蜂蜜を巻き取るようにくるくると棒を回転させる。

すると……わずかに雪がサンドされた、蜂蜜味の飴《あめ》ができるってわけだ。

名付けてハニータフィーってとこかな。本当はメープルシロップで作るカナダのお菓子なんだが、サトウカエデがどこにあるかわからんので蜂蜜で代用ってことで。

「おーっ」

「ほれ、蜂蜜飴だぞ。舐《な》めてみ」

「え、いいんスか！」

「大丈夫大丈夫。数はあるからな」

「やったぁ」

養蜂場も新しく取り入れた養蜂箱《ようほうばこ》で産出量増えたらしいからへーキへーキ。

まぁどこぞの誰かさんが開発した経口補水液の効力が高いことがわかったせいで甘味が色々と値上がりはしているが、せっかくの貴重な食の娯楽なんだ。金をかけるだけの価値はある。

「えっと、じゃあ、いただいて……はむっ。……んーっ！」

蜂蜜飴を口にしたライナが幸せそうに唸《うな》っている。そうじゃろ、美味《おい》しいじゃろ。喉《のど》に良いんじゃよこの飴は。

さて、俺も一口……んー、まぁ蜂蜜飴だな。もっと蜂蜜感は薄い方が好みではあるが……まぁスパイスも利いてるし良いか。

「なんだなんだ、またモングレルが変なもん作ってるのか」

「バルガー、変なもんは食わなくていいんだぞ」

「悪かったよ。……なぁ、俺にも一つくれないか？」

「……しょうがねーな、そっちの新入り君の入団を記念して、ほれ。一本くれてやる」

「おう、すまねえな。……んー、甘い！　俺にはちょっと甘すぎるかな」

「やっぱそうか」

「モングレル先輩、このくるくる巻き取るの、私やってみて良いスか」

「おう、良いぞ良いぞ。端から押し付けるようにな」

「っス」

口の中で雪がしゃりっとするのも結構悪くないんだよなこれ。

寒い日に暖房かけながらアイスを食う悦《よろこ》びにも似た何かがあるっていうか。

「ちょっと皆さん！　暖炉の前で何をやってるんですか！」

「おう、エレナ」

第二話　ギルドで作るハニータフィー

「おうじゃないですよ。さっきから蜂蜜の匂いぷんぷんさせて！」

みんなでわいわいやってると、むすっと膨《ふく》れた顔のエレナがこちらまでやってきていた。

「常識の範囲内って言ったのにもう……！」

「はい、どうぞ」

建前と本音がどっちも完全に見え透いていたので、やり取りがめんどくさくなった俺は棒にまとめたハニータフィーを三本差し出してやった。

コレが欲しかったんだろう？

「……わかればいいんです！」

別に何を説得したわけでもなかったが、エレナは三本のおやつを手に取るとずかずかと受付へ戻っていった。

これもうほとんど賄賂《わいろ》なんじゃねえの？　って思わないでもないが、こうした狭い社会で物事を円滑に進めるのは大事だからな……。

「あ、受付の皆さん喜んでるっスね」

蜂蜜飴は受付嬢の皆さんにも好評のようだ。やっぱ女はコレ《甘味》で一発よ。グヘヘ。

「ああそうだ。すいませーん、ミルクくださーい」

「ミルク……なるほど！　そういうことっスか先輩！　すんません私も！」

「わかるかライナ。この味にはミルクだよな」

「犯罪的っスね」

それから俺たちは何度かボウルの雪を補充したり、蜂蜜飴をくるくる巻いて量産したりしつつ、ミルクと一緒に冬の甘味を味わうのだった。

途中で他のパーティーの男連中にも集《あつま》られたけど、まぁ大した量じゃないので勘弁しておいてやろう。

今日は移籍記念日ってことで。

第三話　最強の矛もついてる盾

冬場に任務はない。

だが、完全にないというわけでもない。

というのも、やっぱり事件っていうのは起こるので、季節外れのクッソ寒い外に、なんでか知らんけど賊《ぞく》が湧《わ》いたりとかするんだこれが。普通この気温だと長くいたら死ぬべ。耐寒装備なんてマトモなものないのにな。けどほんと、ないことはない。

そんな時々あるような極小数の任務に対応するため、ギルドマンたちは冬の雪深い日にもギルドに足を運んでいる。

というか、暇なんだよな単純に。

クランハウスや宿でじっとしているのもありだけど、話し相手が代わり映えしないと退屈なんだ。

それに何より家にいると自前の薪代《まきだい》がかかる。そういう出費をするくらいならギルドに詰めといて他所様の薪で温まった方がお得、というのもまあ共感できる考え方だろう。実際、ギルドは石造りの部分が多いから保温性が高いしな。

「虫系は厳しいよなぁ……斬ったと思っても弾かれてたり、ズラされてたりする」

「突きですらたまに流されるしな」

「ああ、毛皮持ち相手の方が断然マシだ」

で、ギルドマンが集まって何を話すかというと……意外と、真面目《まじめ》に仕事の話をしたりもする。

そりゃ酒が入れば調子に乗ってクソみたいな猥談《わいだん》をすることも多い連中だが、暇に飽かしてギルドのテーブルに自分の装備を並べ、油を塗り込むなりの整備をしていれば……自然とそんな話の流れになるものなのだ。

「まー俺らも虫系専門じゃねえしよ。虫系魔物の狩り方なんざ覚えても大して役には立たないんだろうが……」

「覚えておいて損はねえからな」

そんな話をしているのは、今最も人気のパーティー〝収穫の剣〟の面々だ。

ハーベストマンティスによる被害を出してから、彼らは虫系魔物に対する警戒心が一段と増しているらしい。

実際、刀剣類で虫系に挑むのは結構リスキーだ。相手の甲殻《こうかく》は変にブヨブヨと動く鎧《よろい》みたいなもんだから、うまく斬れないのだという。その点、サングレール軍のモーニングスターは効果覿面《こうかてきめん》ではあるのだが。

「なあ、そっちの〝大地の盾〟の連中はよぉ。虫系に遭遇《そうぐう》したらどう戦ってるんだ？」

「ん？　僕たちですか。それはまぁ、虫相手なら突くなり叩《たた》くなりが一番ですが……柔らかい部位があれば斬るのも悪くないと思いますよ」

「あーやっぱそうなるのかー」

「バイザーフジェールなんかは柔らかい部位が多いので戦いやすいですけどね」

「あー、なんだっけ、蜘蛛《くも》っぽいやつだっけか。見たことはねーや」

「そうか？　護衛してるとたまに街道で見かけるけどな」

こういう話になると頼れるのは実戦経験豊富な〝大地の盾〟だ。

元軍人ともなれば虫系と戦った経験も多いのだろう。アレックスも結構的確なアドバイスを返している。

「バロアの森ではなかなか真っ当な虫系とは遭遇《そうぐう》しないですからねぇ……」

「そうなんだよ。たまーに不意打ちで遭遇するんだけどな、戦闘経験が少ないから全く動きが読めねえの」

「俺のとこのパーティーもそうだぜ。たった一匹のゴブリンみてえな虫系魔物相手に五人で囲んで時間かけちまった」

「感情が読めないんですよね、虫は」

ハルペリア王国は虫系魔物が少ない。虫が多いのはほとんどサングレール聖王国になるだろう。

代わりに獣や人型の魔物が多くて大変ではあるのだが……そいつらは刀剣類が通用する

ので相性は良かったりする。

「よく見かけるようなパイクホッパーでも、盾も上手《うま》いこと構えてやらんと大怪我《おおけが》するしな……」

「春にまた出てくるな。雪解けが待ち遠しいような、うんざりするような」

「金になんねぇからなぁ……イビルフライは厄介だし……」

パイクホッパーは犬サイズのバッタだ。尖《とが》った頭を使った突進攻撃が厄介な魔物で、不意打ちを喰《く》らうと大怪我をする。

しかし来るとわかっていればどうにか盾で防げるし、正面方向への飛び跳ね以外は鈍い動きしかできない相手だ。瞬発力こそ危なっかしいものがあるが、初心者向きの魔物と言えるだろう。こいつだけはハルペリアでも結構現れる。

イビルフライは……見かけたら全力で駆除しような！

「なぁ、そっちの〝アルテミス〟はどうなんだよ。虫相手に弓は通用すんのか？」

〝収穫の剣〟の問いかけに、一つの丸テーブルでひっそりと矢の点検をしていた〝アルテミス〟の面々が顔を上げた。

彼女たちがこうしてギルドに長々といるのも、この季節ならではかもしれない。

「普通の射撃では難しいわ。スキルを使えば甲殻を無視して効くけれど、当たりどころがよほど良くないと怯《ひる》まないから厄介な相手ね。だから私たちは虫系相手には毒矢を使う」

「毒かー、まあそうなるよなー」

「その毒もすぐには効かないわ。基本は相手にせず逃げるか、魔法と近接役に任せてる。近接役は盾必須ね」

「なるほど……」

「いいなぁ、うちにも魔法使いが欲しいぜ」

「ナスターシャさんが欲しいぜ」

「〝アルテミス〟の子なら誰でも歓迎だぜ」

「引き抜きはお断りよ」

「私たちは誰も移籍なんて考えてないっス」

ギルドに〝アルテミス〟がいると、猥談も……まぁ、ほとんどの場合そこまで盛り上がらない。

〝アルテミス〟相手に下品な振る舞いをして調子に乗りすぎると痛い目に遭うことが知れ渡っているからだ。まぁそれでもちょっかいかける奴《やつ》がいなくなることはないんだけどな。

「やっぱ剣持ちは盾しかないかー」

「カイトシールドになるよなぁ。バルガーさんはよくあんな小盾で戦えるよ。手首やっちまわないんかね」

「頑丈な盾になると重さもバカにできねえんだよな。持ち歩きたくねーが……いざという時を考えるとちょっとな」

「剣一本だけ持って森に潜るわけにもいかねえしなぁ。……まぁ、あそこに盾も仲間も持たずに森に潜る変人がいるんだが」

おい、こっち指さすんじゃない。それ失礼だぞ。

「なんだよお前ら。俺に何か文句でもあるのか」

「……おい新入り、よく見ておけ。ああいう奴のスタイルを真似《まね》たら駄目だからな。ああいうタイプは簡単にコロッと死んじまうんだ。覚えとけ」

「はい！」

「俺をダシにして新人教育するんじゃないよ。いや俺のスタイルを真似ない方が良いのは極めて正論ではあるが」

俺の真似して新人に命を落とされたら、ショックで一日くらい寝込むかもしれん。

「というかお前らな、勘違いしてるかもしれないが、この俺だってちゃんと盾くらい持ってるんだぜ？」

「嘘《うそ》だろ？　モングレルの盾なんて見たことねーぞ」

「その前にマシな防具着けろ」

「いい加減に剣買い換えろよ」

「こいつら好き勝手言いやがってよ……」

「そもそもお前の持ってる盾なんてどうせ変な奴だろ」

「相手にぶん投げて、当てたら飛んで戻ってくるとかそんなんだろどうせ」

「ガハハハハ」

「こ、こいつら……」

　俺の装備を馬鹿にしやがって……！

「ああいいぜ、わかった。じゃあ今から宿屋に行って盾を持ってきてやる。見せてやるよ、俺の秘蔵の盾をな……！」

「秘蔵せずに普段から使えば良いじゃないですか……」

「そういえば私、前にモングレル先輩に盾を見せてやるって言われてたっスね」

「はは、今のうちに喚《わめ》いてやがれ。見てから欲しくなっても絶対に売ってやらねえからな」

　ギルドの重い扉を開け、外に出る。

　うえー、寒い寒い！

「おいさっさと閉めろ！　冷気が入ってくるだろ！」

「うっせー馬鹿！　ちょっと待ってろよ！」

「本当に取りに行ったよあいつ」

　寒い中、宿屋までひとっ走り。

　途中、なんでこんな寒い思いをしてまで……と考えない事もなかったが、これは意地だ。ギルドマンとしての面子に関《かか》わる問題だ。

　見てろよ野蛮な異世界人どもめ。実用性を重視した現代人のチョイスを見せてやるからな。

「はぁ、はぁ……くっそ寒い……」

「あ、モングレル先輩戻ってきたっス……って、なんスかそのデカい荷物……」

雪を積もらせたままギルドの扉を開けると、テーブルのいくつかが何故《なぜ》かエールを準備して待っていた。

こいつら完全に俺の装備を肴《さかな》に飲む気でいやがる。許せん。

「……なんだそれ……盾……？」

「布で包まれてはいるが、明らかに盾のシルエットではないだろ……」

「あー暖かい……ふふ、見て驚け。こいつはな……ちょっと組み立てるから待ってろよ」

「組み立ててってなんだよ」

でかい包みを解き、盾を露出させる。

「……え、なんスかこれ」

「こいつはな、ランタンシールドっていうんだ」

ランタンシールド。

それは腕を覆う籠手《こて》にデカい丸盾が付属した、非常に画期的な防具である。

籠手からはショートソードくらいの剣をニュッと出す事もできるし、複数箇所に攻撃用の刃を装着可能。攻防一体というやつだ。

盾の中心にも棘《とげ》を備え付けることができるので、シールドバッシュがそのまま致命的な

攻撃にもなってくれる。

「そしてこの盾の真ん中の部分が蓋《ふた》になっていて……ここに火種を入れておける！　中で光る！」

蓋をキィキィ開けてみるが、みんなの反応は薄い。

あれ、おかしいな。

「……この内側が鏡面になってて、光を相手の顔に当てて目潰しにも……」

「ならんだろ……この程度」

「いや、夜ならどうにか……」

「夜にこんな明るくなる装備つけてたら良い的ですね……」

いや、でもそこはほら……ランタンシールドだし……。

「盾にしては重すぎるだろう。このたくさんある棘にしても、刺さった後抜けないと困るだろうな……」

「森の中じゃあらゆる場所に引っかけちまいそうだ」

「籠手と盾の接合部にも不安が……」

「整備が面倒臭すぎるだろ。盾の中を毎回ピカピカに磨かなきゃならんのか？」

「ランタンと盾と剣を別々に装備すればいいだけなのでは……？」

おま、おまそれは禁句だろ！　言っちゃ駄目なこと言ったろそれは！

「全てがこう……一つの装備に調和してるのが良いんだろが！」

第三話　最強の矛もついてる盾

「っスっス」

「調和というよりゴテゴテしてる感じですけど……」

「やっぱり変人ね」

「ガハハ、また変な買い物したなぁ！」

「モングレル、他に何か面白いもん持ってきてくれよ。酒が進むわ」

な、なんだこの不評は。どいつもこいつも俺のランタンシールドをディスりやがって……！

こいつが黒靄《くろもや》市場でいくらしたと思ってやがる……！

「……ミレーヌさん！　みんなが俺をいじめる！」

「……」

ミレーヌさんはただ静かに営業スマイルを浮かべていた……。

第四話 幻のフランスパン

「どっせい」

角型スコップで雪をガッと掬《すく》い上《あ》げ、邪魔にならない路肩に投げ落とす。今日はちょっとした雪かき中だ。

ここレゴールでは日本の雪国ほど積もるわけではないし、正直そこまで神経質にならずとも良いのだが、俺の暮らす宿屋の周囲くらいはやっておきたい。

宿屋に男手が足りてないから大変そうだしな。まあ単純に好感度を稼いでると言っても良い。これもご近所付き合いだ。

「ああ、いつも悪いねえモングレルさん。そんなもんで大丈夫だよぉ」

「いやいや気にしないでくださいよ。俺はギルドマンだし、力はあり余ってますから。じゃあひとまず、こんくらいにしときましょうかね。また降ったらキリがない」

俺の宿泊する「スコルの宿」を切り盛りしている女将《おかみ》さんは、六年前に病気で旦那さんを亡くして以来、ほとんど全ての仕事を一人でこなしている。

子供は十五歳の娘ジュリアと、十歳の次女ウィン、そしてこの前カニを茹《ゆ》でられてギャン泣きしてた六歳の息子タックがいる。長女のジュリアはなかなか真面目《まじめ》に母の手伝いをやっているが、ほとんどの時間を妹や弟の世話に取られている感じだ。

旦那さんが亡くなってからは、仕事の幅も狭くなったらしい。オールマイティーに働いていた旦那さんがいなくなって、料理のレシピの幾つかが失伝し、力仕事も難しくなったので宿本来のサービスも落ちてしまった。

そのせいで評判もちょっと落ちていたのだが、その閑散《かんさん》とした雰囲気が、当時レゴールで宿を探していた俺にとっては都合が良かった。

一室をもう六年間借り続けている。……この宿に来る前にも宿暮らしをしてたんだが、それまでは長期間借りられなくて大変だったんだよな。

長期間宿で暮らしたい俺と、サービスはあまりできないけどとにかく客が欲しい女将さん。双方の利害が一致して今の関係に至っているわけだ。

……つーか俺もレゴールに来て結構経つな。

この宿で六年だろ、その前にレゴールの宿を二、三転々としてたのが二年くらい……レゴールに来てもう八年かよ。はえーなオイ。

半分くらい忘れかけてたけど二十一歳の時にここを拠点《きょてん》に決めたわけだ。……俺も二十九歳か。やべーな、そろそろ胃袋が脂物《あぶらもの》を受け付けなくなってくるかもしれん。赤身肉と魚料理が好きになる化け物に変身しちまうよ……いや、今でもそういうのは好きだけども。

「モングレルさんも早いとこ良い女を見つけなさいよぉ。あなた歳の割に若々しいんだから」

「ははは……」

おばさんはどんな世界でも未婚に厳しい。

「うちのジュリアなんかどう？　ちょっとうるさいとこあるけど……」

「おかーさん！　そういう勝手な話やめてくれる!?」

彼女がおばさんパワーを際限なく上昇させようとしてたところ、宿の中から長女のジュリアの声が響き渡った。

そう。こういう話はほとんどの場合当人たちにとってはありがた迷惑なのだ。

ちなみにこのジュリアの反応、ツンデレでもなんでもない。彼女は近頃同じくらいの歳の男の子と仲良くしているので、普通に迷惑だから怒鳴っただけである。

おじさんは決して勘違いしてはいけない。特に若い子相手には。

「じゃあ俺は部屋に戻るんで……」

「ああそうだ、モングレルさんあれ持っていって！　どこだったかしら……ええとね」

女将さんはドタドタと宿の厨房《ちゆうぼう》に入っていった。長女とギャーギャーなにか言いあってる声がする。仲が悪いわけではないんだが、騒がしい。まぁいつものことだ。

しばらくすると、女将さんが一つの陶器の壺《つぼ》を持ってきてくれた。

「はい、前に言ってたでしょ？　白い小麦粉！　この前親戚から特別にって貰《もら》っちゃった

【第四話　幻のフランスパン】

のよー。でもうち、そんなパン作ったりなんてしないから持て余しちゃってー」

「え、まじっすか」

白い小麦だと。それはシンプルに滅茶苦茶《めちゃくちゃ》嬉《うれ》しいぞ。

なんかどうでもいい野菜の塩漬けだったら心を無にしてお礼を言ってたところだったぜ。

「少しだけど使ってちょうだい！　モングレルさんまた変な発明？　とかやってるんでしよ！　そういうのに使っていいからね！」

「ははは……あ、ありがとうございます」

「前みたいな硬いやつじゃなくて、もうちょっと美味《おい》しいのお願いね！」

女将さんは俺の背中をバンバン叩《たた》き、宿の奥へと戻っていった。

……よし。まあいいや。

何はともあれ、真っ白な小麦粉ゲットだぜ。


「さて。ついにこの時が来てしまったか」

宿の自室にて材料を並べ、腕を組む。

パン。それはこの国でもメジャーな食品だ。

しかしこの国のパンというのは真っ白な小麦は使わないし、どことなく変な臭《にお》いがするし、硬いし、喉《のど》が渇くし……と現代人からすると色々と合わない部分の多いパンなのだ。

まあ正直、個人的には良いんだ。味が好みに合わなくても栄養価は低くないしな。真っ白なやつよりも身体に良い成分も多い。健康食と思いながら食えば、普通に……。

……というやせ我慢をし続けるのも辛いので、今日は俺がパンを作ることにしました。


今日作るものはフランスパン。

小麦粉、水、塩、酵母《こうぼ》で作れる超お手軽（お手軽とは言ってない）パンだ。

何が良いって、卵や砂糖を使わないのがとにかく良い。この世界でのお高い素材がなくても作れるのは結構なプラスポイントだ。

暖炉《だんろ》の側で加熱する都合上、フランスパンらしい細長さを持つバゲットは難しい。なので今回は長さ四十～五十センチメートルのバタールでいってみようと思う。

材料こそシンプルな今回のフランスパンではあるが、その製造過程は結構待ちが多い。

粉をよく水に馴染《なじ》ませたりだとか、発酵させたりだとかの時間が長いのだ。しかしそうした手間をかけた分、仕上がるフランスパンはかなり美味しくなってくれる。まぁ個人でやるにはちと気にすることが多いから、毎食作りたいものではないけどな。

今の時期、通常の発酵は暖炉のある室内で、生地を寝かせる時は雪で冷蔵できるので、色々と融通《ゆうづう》が利くのがありがたい。料理でチャレンジ精神を発揮するならベストな時期と言えるだろう。

だがパン作りには色々と難点もあり、異世界では立ちはだかる壁が幾つかある。

それが乾燥を防ぐためのラップ。パンを発酵させる時に生地をボウルに入れてラップをかけるのだが、当然ながらこの世界にラップはない。革を被《かぶ》せて板を乗せて重石を追加して、ってやっても良いのだが……今回はもっとスマートなやり方がある。

「ふふふ……この蜜蠟《みつろう》ラップがあれば完璧よ……」

蜜蠟ラップ。それは簡単に言えば、布切れに蜂の巣から採れる蜜蠟を染み込ませた代物だ。

通常時だと固まっているが、手の温度で蜜蠟が柔らかくなりじんわり曲がってくれるようになる。こうして柔らかい状態の蜜蠟ラップをボウルに被せ、端を容器に沿って折り曲げていけばあら不思議。容器を綺麗《きれい》にラッピングできるわけですよ。

ケイオス卿《きよう》の発明品にしても良いのだが、蜂蜜《はちみつ》の産出量が上がっても蜜蠟の値段があまり落ちてくれないので現状は出し渋っている状態のアイデア商品だ。

蜜蠟はまだまだ色々使うからもっと出回ってくれ……金持ちはすぐ蠟燭《ろうそく》にしたがるから困る。夜はさっさと寝てくれよ。

「あとは、ようやくこいつの出番か」

で、蜜蠟ラップの仕事は他にもある。それがこのラップされた陶器の容れ物だ。

果物や穀物などに水と砂糖を加えて作る、パンを膨らませるために必須のアイテムの一つ……自家製酵母だ。

当たり前の話だがこの世界にドライイーストなんてものはない。果物を使って一から酵母を作るのが普通だ。そして自家製酵母は他人に売り渡すような代物じゃないのでどこに行っても売っていない。だから、自分で作る必要があったんですね。

いやー定期的に小麦を追加して振ったりしなきゃいけないから結構面倒なんだけどな。蜜蠟ラップのおかげでわりと楽に作業できた気がするわ。容器がガラスじゃないせいで混ぜた後にちょくちょく開けて中の様子を見なきゃいけないからね。そういう時にラップあると便利。

うむ。用意するものはそんな感じだ。後はじっくりパンを作っていくばかり。

……フランスパンにバターを乗せて食うのも良し。アヒージョに浸して食うも良し。夢が広がるぜ……。

「さて、自家製酵母の発酵具合は……」

俺はウキウキで自家製酵母の入った容器のラップを剝がした。

「……うん」

そこにはカビだらけの自家製酵母だったものがあった。

自家製酵母作り、大失敗である。

「……よーし、フランスパンは中止！　フォカッチャ作るぞフォカッチャ！　切り替えてこう！」

その日、俺は特に好きなわけでもない無発酵パンのフォカッチャを作り、もさもさと食べて不貞寝《ふてね》した。

後日女将さんにフォカッチャをおすそ分けしたら、「ふーん、まあ美味しいわね」くらいの反応を頂いた。
気持ちは、わからないでもない。俺も別にフォカッチャ嫌いではないんだけどね……。

第五話　レゴール雪まつり

BASTARD・SWORDS-MAN

雪が降っている。

春になれば雪解け水として重宝されるこの雪も、降り続いている今現在は厄介な存在だ。

レゴールの建物はこんな雪の日に備えてしっかりと傾斜のついた屋根を備えているが、それでも全ての屋根の雪が滑り落ちてくれるわけではない。雪の降り方によっては、雪下ろしをする必要だって出てくる。その作業も、高いところから滑ったり、雪庇《せっぴ》が落ちて怪《け》我《が》をする危険と隣り合わせだ。決して楽しいだけではない。雪で遊ぶ子供たちのように気楽ではいられないのだ。

「よし、雪像でも作るか」

それはそれとして、大人だって雪で遊びたくなる時はある。

何故《なぜ》かって？　そりゃ暇だからよ。雪が降ったらやってない店は多いし、面白いことがガクッと減る。暖炉《だんろ》の前でまったり過ごすのも好きだが、冬の間ずっとそれだけやってるわけにもいくまい。だから雪像作るぞ雪像。

「とりあえず雪だるま作るぜ雪だるま」

第五話　レゴール雪まつり

作る場所は俺が利用してる宿、「スコルの宿」の前の通りだ。

ここらへんは俺が都市清掃で入念に綺麗《きれい》にしてる場所だから、雪玉を転がして塊を作ってもウンコを巻き込んだりすることはないだろう。逆に言えばここ以外ではあまり作りたくない。嫌だぜ俺は、馬糞《ばふん》交じりの雪だるまなんて。

「俺もなんか作るー」

「お、いいとこに来てくれたぞタック。この雪玉転がしてデカくしてくれよな。あ、道のド真ん中でやるなよ！　危ないからな」

「わかってるー」

宿屋の末っ子のタックも参戦してくれた。

本当にわかっているのかいないのか、タックは小さい雪玉を夢中になって転がし、ヨロヨロと蛇行しながら歪《いびつ》に成長させ始めた。

……まぁこの辺りは馬車は通らないし、こんな天気だ。前世ほど危なくはないだろう。

「とりあえずデカくしないとな」

さて、こうして雪像を作っていくわけなんだが、単純に雪玉をゴロゴロ転がして積み上げていったんじゃただの雪だるまにしかならない。大まかな土台を作る分にはそれでもいいが、〝雪像〟にするのであれば丸っこいだけじゃ物足りないよな。

なので桶《おけ》を使って雪をベシベシと足していき、より体積のデカい塊に育てていく。

そして視界の隅ではタックがちっこい雪だるまを作って飽きていた。飽きるの早いぞお前。子供なら手が霜焼け寸前になるまで遊びなさい。

「こらータックー！　外にいたら熱出しちゃうわよ！　中に入りなさーい！」

「はぁーい」

そして宿屋の女将《おかみ》さんに怒られてすぐに退散となってしまった。

まぁ、この世界じゃ風邪《かぜ》なんて引いたら結構大事《おおごと》だもんな。抗生物質に近い便利な薬もあるからそれほど深刻なわけではないが、少なくとも前世の日本よりも遙《はる》かに医療費は高いしリスクも大きい。寒い中外で遊ばせたくないのはなんとなくわかるぜ。

こうして雪の降りしきる中、外に残ったのが大の大人である俺だけになってしまったわけだが……俺はそこらへんあまり人の目とか気にしないタイプなので、好き勝手に続けさせてもらうぜ！

「よーし、まずはこんなもんだろ」

とりあえず桶に詰めた雪をパイ投げのようにベシベシとぶちまけていくうちに、成人男性一人分くらいのサイズの雪の塊にはなってくれた。けどこれ結局縦に積み上げた方が安定するなってことに気付いたので、上から地道に盛っていく方式に変更した。

「こっからは俺の美意識が試されるな……ハルペリアで上位十パーセントに入るであろう彫刻の腕前を持つ俺の力を見せる時が来たか」

雪像の彫刻に使うのはソードブレイカー。まぁなんだって良いんだけどな。魔力で強化してサクサクやってればだいたいどんなツールを使っても上手《うま》く削《けず》れるもんだ。

【第五話　レゴール雪まつり】

重要なのは、そうだな。製図みたいに三面、つまり正面、横向き、俯瞰《ふかん》のシルエットを最初に決めて削り出すのが良いんじゃねえかな。俺もこういうの全然不慣れなもんで正しいかどうかは知らないが、最初に大雑把《おおざっぱ》なそこらへんを削っていくのが大事だとは思う。

まぁ等身大の雪像を削ろうってなると俯瞰のしようがないからちとアレだが……。

「さみー……おお？　なんだモングレルじゃないか」

「おお、ユースタス。どうしたこんな所で」

「そりゃこっちが言いたいぞ。こんな寒い中なにやってるんだ……」

「見ればわかるだろ、雪像作りだよ」

雑貨屋のユースタスがやってきた。

背中に大きめの背嚢《はいのう》を背負っており、多分どこかの工房に行って品物を受け取ってきたのだろう。冬場でもよく働くやつだ。もう店も大きくなったんだからそのへんの仕事は店の奴《やつ》らにやらせればいいのに、まだまだ働き者としての性根が変わらないようである。いや、良いことだけどな。

「子供みたいな遊びをする奴だな……お、これは熊か？　クレセントグリズリーだろ」

「おー、良くわかったな。別にこの辺りによく出る魔物でもないのに。ユースタスは見たことある……わけじゃないだろ？」

「そりゃ実物は見たことないさ。贔屓《ひいき》にしてもらってるお客様の邸宅にこいつの剝製《はくせい》が飾ってあるんだよ」

クレセントグリズリーはラトレイユ連峰を中心に生息する熊の魔物だ。バロアの森ではほとんど見ないし、レゴールでは馴染《なじ》みの薄い魔物だったが……なるほど剝製か。邸宅ってことは、物好きな貴族だろうか。高く売れるなら獲《と》ってこようかな。いや駄目だな。剝製が作れるほど綺麗に仕留めたら怪しまれるわ。そんなに弱い魔物でもない。

「んー……まぁ見えなくもないが、真っ白だと別の魔物みたいだなぁ」

「言うなよ。仕方ねえだろ雪なんだから」

「ははは」

クレセントグリズリーの毛皮は黒い。腹に三日月型の黄色い模様があるだけで、他は真っ黒だ。

だからこうして雪で作ろうとしても、正反対の色のせいでどう足掻《あが》いてもコレジャナイ感が出てしまう。完全に白熊だわ。しかも熊そのものの造形のクオリティも低いから救いようがない。

こう、肩幅に脚を開いて両手を真っ直《まっす》ぐ下ろした……ちょっと間抜けなポーズである。威嚇《いかく》してる姿というよりは〝お、なんか匂いするな？〟と確認してる時のポーズに近いだろうか。まぁこんなポーズしてても外で出会ったら怖いんだろうけども。

「ここ、この部分もっと削った方が良いだろ。ほら鼻のところ」

「ああ？　お前の素人《しろうと》アドバイスなんかなぁ……あ、本当だ。削った方が良いな……」

「だろぉ？　剝製をじっくり見た俺の方が良く知ってるんだよ」

第五話　レゴール雪まつり

「クソ、剝製見たくらいで調子に乗りやがって……他どこ修正した方が良い？」

「文句言う割に向上心はあるのか……そうだなぁ、背中側がちと平らすぎるから、もっと丸みを帯びた感じで……」

それから良い歳《とし》した大人が二人でやいのやいの言いながら雪像をいじっていく。

毛並みをソードブレイカーの櫛《くし》っぽいところで表現しようとして失敗したり、いまいち耳が上手く作れなかったりと苦戦はしたものの、どうにか身体が冷え切る前にクレセントグリズリーっぽい雪像の完成品を作ることができた。

「よっしゃーできた。うおー寒い……」

「……モングレル、結局これは何なんだ？」

「いや、暇だから作ってただけだが」

「どれだけ暇なんだよ……それだけ暇ならお前、ちょっとうちの店来て荷物の整理手伝ってくれよ。力仕事だけど、一日分の金は出してやるから」

「マジで？　金が出るなら喜んでやるぜ。あと温かい飲み物もくれれば完璧だ」

「まぁそのくらいは構わないけどな……力持ちがいてくれると助かるんだ、頼むぞ」

そしてなんだかんだあって、ユースタスの仕事を少しだけ手伝うことになった。

クレセントグリズリーの雪像を作って日雇いの仕事が転がってくるとは、さすがの俺も予想外だぜ。

しかし冬の臨時収入は正直ありがたい。頑張って働かせていただきます。

「……お、俺のクレセントグリズリーが……」

そして、ひと仕事終えて夕暮れ前に宿に帰ってみると……俺の作ったクレセントグリズリーは顔が消え、のっぺらぼうになっていた。

「畜生、どうして……誰かに壊されたのか……？　って、いや、これは……」

誰かのいたずらか。嫌がらせか。そう疑った俺だったが、損壊した部分はあくまで顔の部分だけ。その熊の顔も、どこかパーツに名残《なごり》を残すものが雪像の真下に落ちている。これは……つまり……。

「自然に壊れたのか……これ……」

どうやら素人が作った雪像だからなのか、重力に負けて自然に壊れてしまったらしい。鼻とかその辺りはちょっと飛び出たパーツだったからな……くそ、水とか使って固めればよかったんだろうか……？

無惨な姿になってしまったが、今から修正する気力も根気も残っていない。とはいえ、宿の前に顔が削れ落ちた熊の雪像を放置しておくのも良くないよな……。

「……適当にスマイルマークでも描いておこう」

妥協案として、顔のあった部分にスマイルマークを彫って臨時の顔とすることで良しとした。獣の身体に浮かぶニコニコ笑顔が普通に不気味である。けど時間もやる気もないし、これでヨシ！

と、思ったのだが、やっぱり異様な雰囲気は不気味すぎたらしく、宿の前を通りかかった女将さんがびっくりしてしまったそうで、普通に怒られた。

その日の夜、自分で作った雪像を泣く泣く壊すことになってしまった。畜生……でも怖いタイプの魔物を題材に選んだ俺が十割悪いので文句は言えねえ……すんませんでした。

第六話　猥談と漢の中の漢

BASTARD・SWORDS-MAN

つい先日、空き巣が出た。

と言っても、現場は俺の宿ではない。人通りの少ない雪の夜に穀物店の倉庫を狙った、まぁありがちな犯行だ。

しかし犯人も手が悴《かじか》んでいたのか盗みに不慣れだったのか、物音をさせてしまったせいで犯行が発覚。すぐさま逃げ出した犯人だったが、夜とはいえ人影を浮かび上がらせる明るい雪の上にくっきりと足跡を残しながらの逃亡だ。

結局犯人は明け方まで逃げ切ることもできず袋小路《ふくろこうじ》で御用となり、朝から俺たちギルドマンの話題になってくれたのだった。

「ったくよ～、それでソイツの動機がアレだぜ～？　色街で女買いすぎたせいだっつんだぜ～？　金がねぇくせに通うなんて相当な馬鹿だよなァ～」

今日のギルドの酒場は、パーティーの比率が偏っている。

大手パーティーの〃大地の盾〃と〃アルテミス〃のメンバーがごっそり抜けて、〃収穫の剣〃の面々が十五人近く集まっていたのだ。

第六話　猥談と漢の中の漢

ここまでの大所帯となると酒場の中央スペースは彼らに独占され、自然と話題の中心もこいつらに引っ張られることになる。

普段は統率力も低く、滅多に結束を見せないパーティーだが、集まる時に集まるとなかなか壮観だ。

「あれ、けどチャックさんも団長と結構そういう店に行きますよね？」

「あ～俺は良いんだよ、稼いでるから！　稼いでないくせにそういう店に行く野郎の気が知れねえってことだぜ！」

「そういうことですか、確かに……」

「金さえ稼げば格安の店でも、綺麗《きれい》なねーちゃんがいるような高い店でも好きに行きゃいいのによォ。金のない奴《やつ》がどうしてそこまで使い込んじまうかね～」

話題の中心にいるのはあの赤い短髪の若者、チャックだ。

あいつはギルドマンの荒くれ者らしく色々と毒づくし、喧嘩《けんか》っ早《ぱや》いところがある。世の中の人間のギルドマンに対するイメージを平均化すると出力されるのがチャックと言っても過言ではないだろう。そのくらい、ある意味で模範的なギルドマンだ。黒髪黒服の転生主人公が冒険者ギルドに入っていったら真っ先に絡んでくるようなタイプである。

しかし剣の腕前はシルバー1と真っ当に強いし、荒っぽい口調で惑わされがちだが、よく聞くとまともな事を言うことも多い。そういう意味でも模範的なギルドマンだったりする。

「そうだ。お前も結構慣れてきた頃だしなァ。今度俺が良い店紹介してやるよ～。程々の値段で結構良いとこあんだぜ～⁉」

「ははは……」

しかしそういうギャップ効果もありそうなものだが、チャックはモテない。それはやっぱり、普段の軽薄さ故なんだろうな。

「まーたあの人たち色街の話してるっス」

「男の人は皆そうなんだよライナ」

「ぁあん⁉」

こっちのテーブルにはライナとウルリカがいる。向こうとは大して距離も離れてない。こういう距離で猥談《わいだん》とか始めちゃうから駄目なんだぜチャック……少なくともギルドの受付嬢を狙っているのであればギルドの酒場で出しちゃいけねえ話題なんだ……。

「あ、モングレルさん、そこチェック。いや、チェックメイトかな？　私の勝ちー、えへへ」

「……お前たちボードゲーム強くない？」

「また負けたんスか？　いや多分モングレル先輩が弱いだけだと思うんスけど」

この世界で生まれ独自に発展したボードゲーム、ムーンボード。

黒っぽい木の駒と白っぽい木の駒に分かれて戦う盤面を見た感じでは、前世でいうところのバックギャモンに近いかもしれない。だが俺はバックギャモンのルールを知らないし、

【第六話　猥談と漢の中の漢】

このゲームが似てるのかどうかも全くわからない。ただ一つわかるのは、俺が今のと合わせて三連続でウルリカに負けたということだ。

ライナが強いのはもう仕方ないとして、ウルリカまで強いってのはどういうことだよ。

ルール覚えたの、ついさっきで俺と一緒だっただろ？

「畜生〜……モングレルめ〜……」

いやなんでこのタイミングで俺に恨めしい目を向けるんだ。

「なんだよチャック。こっちボロ負け中だぞ」

「な〜にが負けだよ！　こっち見ろよ男ばっかだぞ！　なんだよそっちのテーブルは！　勝ちだろうが！」

いや別にこっちはこっちで、お前たちが真ん中居座ってるから身を寄せてるだけであってな……。

と言い訳したかったが、チャックだけでなく他の男からも似たような恨めしそうな視線を感じたので黙っておいた。

……まあわからんでもないよ？

こっちはライナとウルリカだからな。綺麗っちゃ綺麗だからな。けどライナは俺から見たらまだまだ子供だし、ウルリカはそもそも男だし……。

……っていうのも口に出しちゃいけないのは俺はわかってる。男の嫉妬は醜ければ醜いほどすぐに爆発するからな……。

「畜生～……良いよなぁモングレルは～……ソロだからいざとなれば他のパーティーの助《すけ》っ人《と》になりやすくてよ～身軽でよ～……こっちは女なんて皆無だぜ～……？　なのに半端に人数揃《そろ》ってるせいで他との交流も気楽にはできねえしよォ～」

「あの、チャックさん。うちの副団長……」

「あれは女って言わねえだろ～！　女ってのはもっとこう、お淑《しと》やかでよ～、そんでひたすら男に対して献身的っていうかよぉ～、奉仕とかしてくれるもんだろ～？」

ほーらまたそうやって無駄に女を敵に回すようなことを言うー！　本当にそういうところだぞお前！

「――いや、違う。それは違うぞ……チャック」

その時、野太く低い男の声が響き、ギルドが静まり返った。

声の主は今まで岩のように沈黙を守ってきた大男……〝収穫の剣〟団長、ゴールド2のディックバルトだ。

「――女は決して、献身や奉仕するだけの存在ではない――」

「……まあ、団長の言い分もそりゃ……わかるけどなァ～……」

黒い短髪。切れ長の糸目。身の丈は二メートル十センチを越え、背負ったグレートシミターが小さく見えてしまうような偉丈夫《いじょうふ》だ。

そして全身から醸し出される圧倒的強者の気配は、普段からお調子者なチャックを萎縮させるほど。

第六話　猥談と漢の中の漢

「……先輩先輩、モングレル先輩。あの人って……」

「ああ、〝収穫の剣〟の団長だ。ディックバルトっていう……まあ、デタラメみたいに強い人だよ」

「へー……あの人が……」

ディックバルトは団長だが、普段ほとんどギルドに顔を出さない。

自分に比肩《ひけん》する実力のメンバーだけを引き連れて、次々に高難度の討伐任務を受けるせいだ。結構緩くやっている〝収穫の剣〟で最も精力的なグループと言って良いだろう。比較的新入りのライナが顔を合わせる機会がなかったのも無理はない。これもまた冬ならではだな。

「がっしりしてて、すっごい真面目《まじめ》な人っスねー……」

「いや……それは……」

「どうかなぁ……」

「え？」

詳しい事情を知ってる俺とウルリカは口ごもる。

いや、真面目な奴なのは確かではあるんだが……。

「――むしろ、時に我々男が女に奉仕することもある……時に跪《ひざまず》き、時に鳴き、時に舐《な》める……いや、舐めさせていただく、と言うべきか――」

「……あれなんの話っスか」

「ライナ、良いんだ。お前はまだ気にしなくて良いんだ。いい子だからな」

「いやまぁなんとなくわかってはいるんスけど……」

「だが――」

ディックバルトはそれはもう真面目な顔で、腕を組んで、その上で極めて厳格そうな声色で語り続ける。

「――俺たち男による奉仕や献身は、それなりの格式の店にゆかねば実践《プレイ》できないものだ……昨夜捕まった男も、あるいは――……そんな情熱を間違った形で暴走させてしまった、一人の哀れな奉仕者だったのかもしれんな……」

このクソ真面目に下ネタを語る大男、ディックバルト。

彼がギルドに顔を出さない理由は、日々の時間のほとんどを娼館《しょうかん》の利用に費やしているせいでもある。

長期の遠征や討伐任務を受注し、遠征中は宿場町の娼館に泊まる。娼館のハシゴをし続ける。街に戻ったとしてもそのほとんどを娼館で過ごすという、とんでもないエロモンスターなのだ。

それだけの稼ぎがあるということなのだが、そんな莫大《ばくだい》な稼ぎが全て色街に溶けていると考えると凄《すさ》まじい。

正直、俺の前世でも会ったことのないタイプだ。ここまで突き抜けてると同じ男としては尊敬というか畏怖《いふ》の念を抱いてしまう。

「まあ……わかるような～……」

「わからないような……」

「うん、さすが……ディックバルトさんだぜ……」

同じような畏敬《いけい》の念を抱いているからか、〝収穫の剣〟の面々も頑張ってフォローしてくれる。

慕われてはいるんだ。ただ、思考回路が常にエロ方面に結びつくから独特すぎるだけで。

「なんか……ちょっと気持ち悪い人っスね……」

「ちょ、ちょっとライナ！」

いかんぞライナ。

いくらディックバルトがレゴールの全娼婦《しょうふ》から〝要求してくるプレイから滲《にじ》み出る性《せい》癖《へき》がキショい〟と言われるような男だからって、相手に聞こえる距離で悪口を言ったら失礼だ。

「――〝アルテミス〟のライナ……と言ったか。その発言はいただけんな――」

「え、あ……すいませ……」

「――君の罵倒《ばとう》は決して俺が無料《タダ》で受け取って良いものではない――……あまりご褒美《プレイ》を安売りしてはいかんぞ？」

「……モングレル先輩、やっぱこの人なんか気持ち悪いっス！　鳥肌が！　鳥肌がぁー！」

「おーよしよし、怖いかライナ、まぁ怖いよな。でもなんかちょっと気持ち悪いだけで良い人だからな、少しずつ慣れていこうな」

「なんか……ごめんなァ～……うちの団長が怖がらせてよ～……」

ディックバルト。彼は決して悪い男ではない。

ハーベストマンティスとの戦いでも何度も味方を庇《かば》い攻撃を凌《しの》いだというし、任務に臨む態度も真面目で、戦闘力はピカイチだ。

ただちょっと下半身に正直で、発言がキショいだけのかっこいいおじさんなんだ。

「……やっぱりキモ」

ウルリカもそういう顔しながらそういうこと言っちゃ駄目なんだぞ。

でも罵倒を浴びるディックバルトは喜んでるから良いのだろうか……？　俺にもわからない精神をしているのでなんもわからん。

「――それもまた良い……」

いや、大丈夫そうだな。良かった。

……冬場はまぁ、そういう自分と合わない人と一緒になる時間の多い季節だから……これればかりは慣れていけ、ライナ……。

第七話　氷室作りのお手伝い

春が来て暖かくなる前に、ある程度積もった雪を集める慣習がレゴールにはある。氷室というやつだ。

万年雪が残るような地方なら必要ないんだろうが、レゴールはそうではない。暖かくなると雪が解けてしまう。なので、冬場に積もった雪はさっさと集め、地下にある空間に詰め込めるだけ詰め込んでおくのだ。

こうしておくことで暑い季節でも貯蔵した雪が長持ちし、冷蔵保存やら氷として利用するやら、さまざまな活用がなされるわけ。

氷は雪を突き固めたり水を掛けながら固めたりって感じだな。デカい湖でもあれば氷も簡単に採れたんだろうが、レゴールでは少々手間がかかる。

問題は、この氷室に使う雪の収集作業だ。

雪を集めるといっても、レゴールに積もる雪の量なんて大したもんじゃない。人通りがあればどうにか道ができて、あとは自然と消える程度のものだ。街中の雪は小汚いので、集めるなら休耕中の田畑だとか、放牧地になる。その上澄みを掬《すく》って地道に集めるわけだが……当然寒い中でやるので、とんでもなくキツい作業である。重機もないしな。

しかし深く悩む必要はない。そんな時に格安で動員される都合の良い奴《やつ》らがレゴールにはいる。大抵の厄介な問題は、そいつらが解決してくれるのだ。

それこそが犯罪奴隷《はんざいどれい》。ようは、服役中の犯罪者たちである。


「今年は良い道具が貸し出されているからなー、その分仕事も楽なはずだー頑張れよー」

休耕地に並ぶ犯罪奴隷たちが、せっせと新雪をかき集めている。掬って集めて、集めたら下がって一箇所に溜《た》めて。新雪を踏まないよう端から慎重に、少しずつ。なんとも大変な重労働だ。気の遣いようは雪かきより遥かに大きいだろう。

「動いとけー、サボると逆に冷えるからなー」

雪集めの現場監督をこなしているのはレゴールの衛兵さんだ。やる事は結構退屈なものだが、犯罪奴隷が関《かか》わると下手に民間に関わらせるわけにはいかないので仕方ない。

それでも、人手は常に不足している。この作業は犯罪奴隷に限らず、ギルドマンでも請け負うことができるのだ。

「ああ、お前はギルドの……おお……それ一気に持っていくのか」

「なーに軽い軽い」

俺は今、犯罪奴隷たちからは少し離れた場所で雪の運び出し作業を行《おこな》っている。

雪を遠くから集める仕事は言うは易しというやつで、馬車を何往復もさせる超重労働だ。

【第七話　氷室作りのお手伝い】

主に馬車に積み込んだり積み下ろしたりするのが特にとんでもなく大変なのだという。

まぁ俺の場合は馬鹿力があるから、この程度楽勝なんだけどな。

「いやー、しかしこの突き固める作業ってのは大変だなぁ。まさか氷にするのがここまで大変だったとは」

「まあ、だからこそ犯罪奴隷たちに回される仕事なんだがなぁ。お前さんは自分から依頼を受けてきたんだろう。変わってるね」

「去年もやったんだけどな。まぁ珍しい経験もできるし、一日だけならってとこだ」

氷室を作る仕事っていうのはやろうと思ってもなかなかできないしな。新鮮なうちはまだ楽しいもんだ。

「ふーん……なぁ、これってギルドで受けると儲《もう》かるのか？　そうじゃないんだろう？」

「あー儲からないよ。そもそも冬場に食《く》い扶持《ぶち》に困ったアイアンクラスが受けるような仕事だからさ」

「やっぱそうなのかぁ。あんたは何故《なぜ》？」

「さっきも言っただろ？　珍しい仕事だからやってみたかっただけだよ」

「変わり者だねぇ。けど仕事が進むのは正直助かるよ。俺らも寒い中じっとしてるのはしんどいからな」

突き固めた雪は少々白く濁《にご》ってはいるものの、塊なので運びやすくなってくれる。

それを馬車の荷台で待機してる衛兵さんにパスしたり、大きい塊なんかは製材所でも使ったログピックに似た道具を使って持ち上げる。

俺の力をもってすれば集められる雪山よりも早いペースでの積み込みが可能だ。途中で休耕地で雪集めに加勢できる程度には余裕があるぜ。

「……あんた、ギルドマンなんだってな」

「ああ、そうだが？」

雪に土が交じらないよう慎重に掬《すく》い上《あ》げていると、隣にいた犯罪奴隷の男が声をかけてきた。首には犯罪奴隷を示す頑丈そうなレザーの帯が巻かれているので、一発でわかる。

「あんた、誰かの脱走でも手助けしにきたのか？　そのためにこんな場所に潜ってるんだろう？　ブロンズ３のやる仕事じゃない」

そしてなんか俺に妙《みょう》な設定を付け加えようとしてきやがった。

確かに割に合うかどうかで言えば全く合わないけど、別に裏とかはないんで……。

「俺はただ氷室作りを体験したくてこの仕事をやってるだけだぞ」

「……なるほど、あんたからはそう言うしかないってことか」

いやいや勝手に俺の設定を盛らんでくれ。

「勘違いだって。俺去年もやってたしな。馬車にいる衛兵さんは去年の俺のことも知ってたから聞いてみな」

「……本気で仕事を受けているだけ？」

「そうだよ」

「……何故？」

「だから氷室作りやってみたいから」

「……」

嘘《うそ》だろこいつはクレイジーな野郎だぜ、みたいな顔をして犯罪奴隷の男は黙って仕事に戻ってしまった。

　俺の心は深く傷ついたのだった。


「そんなことがあったんだよバルガー」

「そりゃ誰がどう見ても変人の所業だろ」

　ギルドの酒場で氷室作りの話をすると、バルガーは何の容赦《ようしゃ》もなく言い捨てやがった。

「確かに冬場は仕事も減りますが、かといって犯罪奴隷と同じ仕事をするのはキツいですね……」

「なんだよアレックス、お前は軍にいたならああいう氷室作りに携わったことはあるんじゃないか」

「まぁそれはありましたけど……それも衛兵と同じで監督役としてですよ。実際に働くのは寒いし大変そうなので、やりたくはないですね……」

　確かに、監督役は見てるだけだったな……実作業だけ犯罪奴隷たちにやらせて、そいつらを取りまとめるだけ。確かに全然違うわ。

「ちょっと前に外壁際まではぐれ魔物がやってきたことあったよな。あの時どうしてたんだよモングレル」

「あー、ギルドから慌ただしく出て行った奴もいたけどな。結局ギルドマンが駆けつける前に衛兵が仕留めたってさ。俺はそれを見越してギルドから出なかった！」

「何もしなかったことを随分偉そうに語りますね……」

「つっても俺は普段あまり飛び道具持ってないしなぁ。外壁の上から石でも投げるか？」

わざわざ外壁の向こうの魔物を片付けるために門を開けるほどここの衛兵も暇じゃないし、平和ボケしてないしな。

「そういやモングレルよ、お前あれじゃなかったか？　弓の練習してなかったか？」

「そうなんですか？　初耳ですけど」

「いや、弓は全然だよ俺。持ってはいるけど当たる気がしねえ」

「それでも持ってるくらいですから多少は扱えるんでしょう？　意外ですね……モングレルさんに飛び道具のイメージがなかったので驚きました」

「いや、五メートル先の木にも当たらんぞ」

「想像以上に素人《しろうと》だった……！」

素人上等。俺の場合は矢をそのままダーツみたいに投げた方が強いぜ多分。

「一時期練習してたのにもったいねぇなぁ。弓が扱えるだけで狩れる獲物が倍にはなるってのに……お前最近〝アルテミス〟の子たちとよく話してるんだから、教わればいいじゃないか」

「そうですよ。近頃はライナさんだけでなくウルリカさんでしたっけ。彼女とも仲良くされてますよね。せっかくだから習いましょうよ」

「……」

「ものすごい嫌そうな顔をしてらっしゃる……」

「そんなに弓が嫌いかモングレル」

正直、だるいです。撃つたびにちまちまと矢の回収をするのが特に……。

投石じゃダメか？

「春になったらまた忙しくなるんですから、練習するなら暇な今くらいがちょうど良いと思いますけどねえ……」

「うーん、そう言われると確かにな……酒場でダラダラするのも飽きたし……最近は結構ディックバルトがいることも多くて雰囲気が妙な感じだし……」

「ああ……うちの団長な……まぁ、良い人だから勘違いはしないでくれよ……」

「そりゃわかってるさ」

「わかってはいますがなんかこう……妙な雰囲気になるのが……」

バルガーはのんびりやるグループに属するので、団長のディックバルトとはあまり組まないらしい。

同じパーティーでも慣れない相手がいるというのは、なかなか変わってるなと思う。バルガーもディックバルトには一目置いてはいるんだろうけどな。

……ディックバルトのいるセクハラ空間と化した酒場にいるよりは、修練場で俺に弓を教えてた方がライナたちにしてみたら楽なのかもしれない。

弓の練習、面倒ではあるが少し考えてみるか。暇だし。

第八話　エイムに神々が宿っている

この世界でも神様ってのは信仰されている。

されてはいるのだが、ここハルペリア王国ではここ数百年ほどで宗教が廃《すた》れ気味になっているらしい。

農耕国家であるハルペリアでは昔は太陽神が信仰されていたのだが、お隣のサングレール聖王国から侵略をされ続けるうちに向こうさんの主祭神でもある太陽神が恨まれていったわけだ。坊主憎けりゃ袈裟《けさ》まで憎くなるだろうし、極《きわ》まれば仏様が憎くなる気持ちもわからなくはない。

で、それまでの太陽神信仰を捨てたハルペリア王国は、宗教国家サングレールと決別する意味も込めて月神《つきがみ》を主祭神とした。

いや農耕国家が逆張りして月の神様信仰してどうすんだよって感じだが、まぁ多分よっぽどサングレールと相容《あいい》れなかったのだろう。

実際宗旨替えした当初は国民も色々と混乱したり、不安に苛《さいな》まれていたらしい。特に農家は太陽神の天罰なんかを恐れ、一部では暴動もあったそうな。

しかし国民の不安とは裏腹に農作物は例年通り豊作続き。不安視されていた旱魃《かんばつ》も冷害も特になく、それどころか折良くお隣のサングレールが飢饉《ききん》に見舞われたせいもあり、人々の信仰への不安は早々に払拭されたそうだ。

サングレールと決別し宗教勢力が大幅に減ったこと、お隣さんの影響で宗教信仰に冷ややかな国民が増えたこと。

そんな色々な理由があって、今日では「まぁ伝統だし行事はやるよ」程度の宗教観で安定しているのがこの国だ。宗教にわりと適当な元日本人としてはなかなか親近感の湧く国家で助かる。それでもさすがに日本人よりは迷信深いとこは多いけどな。

で、今このハルペリア王国で信仰されている月神。

これは狩猟や魔法を司《つかさど》る女神様らしく、杖《つえ》や弓などがよくシンボルとして図案化されている。弓を扱うにあたっては、なかなか縁起のいい神様だってことなわけだ。

つまり、弓を引くときは月神様にお祈りするっきゃないわけよ。

「我が国の月神ヒドロアよ。願わくば、あの藁山《わらやま》の真ん中を射《い》させたまえ。これを射損じるものならば、弓を壁掛けに戻しふて寝し、バスタードソード使いに戻らん。弓使い人口を一人増やさんと思《おぼ》し召《め》さば、この矢外させ給《たま》うな……」

「モングレル先輩て形から入るタイプっスよね」

「疾《シ》ッ！」

第八話　エイムに神々が宿っている

俺がよっぴいてひょうど放った矢は、二十メートル先の的よりも十メートル手前の土に深々と突き刺さった。

「まぁこんなとこだな」

「何がっスか？」

「モングレルさん、前より下手になってない……？」

「冬だから手が悴《かじか》んでるのかもしれんな……」

「さっきホットミルクで手を温めてたっスよね」

今、俺はギルドの修練場でライナとウルリカから弓の指導を受けている。

思い切って「ちょっと弓の練習してみたいんだけど教えて」と言ってみたら思いの外乗り気でオーケーをくれたのだが、なんらかのアドバイスを貰《もら》うよりも先に俺のモチベーションの方が先に死ぬ可能性がちょっと出てきた。

弓むっず。

「構えがっスね、フラフラしてるんスよね。弓を支える左手が動いてるのが一番致命的だと思うっス」

「ていうか、つがえ方が逆だよモングレルさん。外側になってたよさっきのー。内側にしないと」

「引く力もキープする力もあるんスけど、なーんか姿勢が浮《うわ》ついてる感じするんスよ」

「おお……今日は二人ともグイグイ来るな……」

「忌憚《きたん》のない意見ってやつっス」

「弓に関しては私もライナもずっと先輩なんだからねー。教えてほしいって言ってきた以上、使い物になるようにビシビシ指導してくよー」

それから何度か先生がたの指導により矢を射っていくうちに、どうにか矢が狙っている方向に……なんとなく飛ぶようにはなった。

矢の先端に鏃《やじり》じゃなくてレーザーポインターつけてくれないかな……いや、あってもまだ真《ま》っ直《す》ぐ狙ったとこに飛んでくれる気がしねえ。

「この距離初心者向けじゃないんじゃないか？」

「これでも随分短い方スよ。外が寒くなかったら森の近くでやりたいくらいっス」

「まあ森の中で狩りをするならこのくらいが丁度良くはあるんだけどねー。それでもギリギリなとこだよ？」

まぁ二十メートル先にクレイジーボアやチャージディアがいたら一発撃てるかどうかだしな。普通に敵に気付かれててもおかしくない。

そう考えると本来はもっと遠くから当てられるようにならなきゃいけないわけか。……一発で仕留められるもんでもないしなぁ。

「二人はどのくらいの距離の的に当てられるんだ？」

「私は無風ならとりあえず六十メートルってとこスね。飛ばすだけなら全然もっといけるんスけど」

第八話　エイムに神々が宿っている

「すげーな」

「スキル込みっスから」

ライナのスキルは照星《ロックオン》。

手ブレを完全に抑制し、狙った構えができるというものだ。ただこの名前のわりに自動追尾してくれる類いのものではなく、上手《うま》く相手に当てる調整そのものは自分でやらなくちゃいけない。

それって強いのか？　って俺は素人《しろうと》ながらに思うんだが、手ブレがない状態で長く構えられるのがとても便利なんだとか。魔力消費も少なめらしい。

「私もライナと同じくらいかなー。照準系のスキルないから大変で……」

「ウルリカもライナと同じくらいか……〝アルテミス〟は天才が多いな」

「私は生き物の弱いとこを暴くスキルとか、弓の威力を上げるスキルがあるからそっち担当だねー」

「ウルリカ先輩はすごいっスよ。突進してきた獣相手でも放った矢で弾《はじ》き返《かえ》すくらいのパワーがあるんス」

「ふふーん……ライナはかわいいなぁーもぉー」

「ちょ、撫《な》でるのやめてもらっていいスか。子供じゃないんスよ」

男と女による百合《ゆり》のような何かを見てほっこりしつつ、矢の回収に勤《いそ》しむ。

的に刺さらない分、手前で大半を集め終えてしまえるのが楽な反面なんか悲しいぜ……。

第八話　エイムに神々が宿っている

「なぁ、試しに二人とも射ってみてくれないか？　この弓で」

「使ったことない弓なんで二射で大丈夫なら良いスけど」

「あ、私もやるー。しょうがないかー、出来の悪いモングレルさんにお手本を見せてあげるかー」

「不甲斐《ふがい》ない弟子ですまねぇな」

「……ふふ、この時ばかりは私の方がモングレル先輩よりも先輩スからね。射るところよく見ててほしいっス」

その後、スキルを使わずにライナが二射。ウルリカが二射放ってみせた。

二人とも一射目は的から離れた場所に落ちたが（それでも俺よりずっと的に近い）、二射目は綺麗《きれい》に藁山に突き刺さっていた。

一射目が観測射撃みたいなもので、二射目で修正して放っているんだろう。今の俺からしてみたら異次元の技術だわ。

「春になると獣も増えてくるっスから、それまでに形だけでもモノにできたら良いスね」

「んー、どうだろうねー……真面目《まじめ》にやっていれば間に合うかもしれないけど……モングレルさんはどうせあまり練習しないんでしょー？」

「するぞ？　たまには」

「遊び半分は良くないっスよぉ」

と言われても、俺自身そこまで弓に必要性は感じてないからな。

あくまで趣味の一環なんだよな。使えたら便利なのは間違いないんだが。

「……ま、別に今回のこともお金とかは取らないからさ。今後も暇な時とかは私とかライナから気軽に教わってよ。あ、でも終わった後にエールの一杯くらいは奢《おご》ってほしいなー？」

「あ、それ良いっスね」

「プロの二人に教わってそれならお安い御用だわ」

「やったータダ酒だー」

「……逆に私たちが剣術を習うとかって、できるんスかね」

「ライナが？　まぁ最低限の護身術は身に着けてても損はないだろうが、俺は完全に我流だしな。教わるならアレックスが一番だぞ」

「あ、じゃあいいっス」

「……アレックス嫌いなのか？」

「そんなことはないスけど」

俺の場合は強化のゴリ押しばっかだから、下手に真似《まね》されると危険だ。習うなら体系化されてる軍の技術を身に着けた連中のが良い。

「春かぁ……春になったら忙しくなるねぇー」

「っスねぇ……」

「人も金も魔物も動く、ギルドマンの稼ぎ時だからな。こんな季節も嫌いじゃあないが、

第八話　エイムに神々が宿っている

そろそろ退屈でしょうがないぜ」

おっ、ようやく藁山に当たった。

「先輩ナイッスー」

「おめでとー、モングレルさん」

「月神様は俺のことを見放してなかったみたいだな」

「慈悲《じひ》深い神様で良かったっス」

「俺の粘り勝ちってことかい？」

「あははは」

そろそろ雪解けの季節が来る。

ぐしゃぐしゃの雪が水溜《みずたま》りになれば、今年もまた忙しくなるぞ。

第九話　第一回熟成生ハム猥談バトル

BASTARD・SWORDS-MAN

何日か弓の練習を続けていくと、それなりに真《ま》っ直《す》ぐ矢が飛ぶようになってきた。真っ直ぐというのは的の方向に向かって飛んでいくという意味であって、的に当たるような軌道で飛ぶわけではないことには留意していただきたい。

けどまぁ俺が三百人くらい弓を持って隊列を組めば、数打ちゃ当たる方式で弓兵部隊の物真似《ものまね》くらいにはなるのかもしれん。三百人の俺がバスタードソードを抜き放って突撃すれば全てが解決するとか、そういう事を言ってはいけない。

なんにせよ弓について教えてくれたライナとウルリカには感謝だな。これがギルド付属の偏屈な教導官だったら普通に三日くらいでやめてたと思う。

ライナは正確な射撃の仕方について詳しかったし、ウルリカは動く相手や近付いてくる獲物に対する実践的な射撃に精通していた。そういう専門的な知識を優しく教えてもらえる環境ってのは本当に得難い物だ。

時々俺への指導をほっぽり出してウルリカがライナの指導をしてたりなんかもしてたけど、そういうの含めて居心地《いごこち》の良い練習時間だった。

【第九話　第一回熟成生ハム猥談バトル】

毎回終わった後にはギルドの酒場で一杯引っかけるわけだが、こちらの奢《おご》りとはいえ、相手は若い子たちだ。世が世なら俺が奢った上で数千円プレゼントしなきゃいけないような境遇《きょうぐう》なんだよな。そういう意味じゃこの世界はリーズナブルだと思う。……何が？

自分で言っててよくわからん。


「おーい見ろよ野郎ども～！　チャック様がマーゴット婆《ばあ》さん特製の生ハムを持ってきてやったぜェ～！」

「おー！」

いつものように三人で飲んでいると、豚の脚を担いだチャックが入ってきた。黄ばんだ脂。萎《しな》びて色が濃くなった赤身。いわゆる、生ハムの原木ってやつである。

ギルド内はにわかに活気付いた。普段から干《ほ》し肉《にく》や保存の利くしょっぱい肉なんてものは食い飽きている連中だが、今回チャックが持ってきた生ハムに限って言えばギルドマンたちがざわつくだけの理由がある。

というのも、マーゴットという偏屈な婆さんが作るこの生ハムはとんでもない絶品なことで有名だからだ。

この世界の生ハムは大抵、塩漬けにする際にアホみたいにしょっぱくするもんだから、食う時には結構なエグみがあったり、塩抜きしないとまともに食えなかったりすることが多い。ほとんど保存用の塩漬け肉のような扱いをされているわけだ。薄くスライスして美《う》味《ま》いかというと、ほとんどの肉は全然なんだよな。

しかしマーゴット婆さんの作る生ハムは全く別物で、腐るか腐らないかのギリギリまで塩分量を減らしている。そのせいでマーゴット婆さんは毎回半分近くの豚肉を腐らせているそうだが、そんな厳しい製造過程を生き抜いた選《え》りすぐりの生ハムは、俺が前世で食ってきた生ハムにも比肩《ひけん》する旨《うま》さがあるのだ。

前置きが長くなったがつまり、俺はこの生ハムが大好きだ。

そしてマーゴット婆さんは気に入った若い男にしか売らない。俺は気に入られていない。ふざけた婆さんである。

まぁ、かと言ってチャックも婆さんから好かれて嬉《うれ》しくはないんだろうが。

「マーゴット婆さんが持ってけって言うから貰《もら》ったからよ～、今日いる連中で食べようぜ～！　あ、エレナたち受付嬢にもちゃんと切り分けるからな～？」

「まぁ、ありがとうございますチャックさん」

この生ハムの美味さは有名だ。貰って悪い気がする奴《やつ》なんて一人もいないだろう。

酒場にいるギルドマンたちの視線は、自然とチャックたち〝収穫の剣〟のいる中央テーブルに注がれていた。

「……私あれ食べたことないっス」

「俺も一年以上食べてないな。くそ、強い酒が飲みたくなってきた」

蒸留酒《じょうりゅうしゅ》のふんわりとした作り方はお貴族様に教えたはずなんだが、まだ開発されないのか。さっさとウイスキーを発明して俺のとこまで売りに来てくれ。

「マーゴットお婆さんって、氷室持ってるとこの人だよねー？　あの人のお肉美味しいらしいんだよねぇー。私もまだ食べたことないや」

「あの婆さんの生ハムは格別だぞ。うすーくスライスしたやつがまた絶品なんだ。かくいう俺も人からのおこぼれに何切れか貰ったくらいなんだが」

ああ想像したら唾液が湧いてきた。今日はチャックの肩揉《かたも》みでもしてやるか。

「けどよォ～……タダでこいつを分けてやるわけにはいかねえなぁ！」

「なんだとてめえ！」

「殺されてえか！」

「自慢しにきただけか！」

「うっせぇ！　やらねぇなんて言ってね～だろがよ！　ゲームしようぜゲーム！　美味い肉があってもお行儀よく食ってるだけじゃ盛り上がりに欠けるからなァ～！」

テーブルの上に立てかけた生ハムの原木から脂身を削《そ》ぎ落《お》としつつ、チャックがニヤニヤと笑っている。

気の早い奴が削ぎ落とされた脂身を拾い上げてつまみ食いしてたが、すぐに吐き出した。そこは不味《まず》いからやめておけ。

「ゲームってなんですかチャックさん」

「よ～く聞いてくれた！　これから始めるのは……スケベ雑学バトル！　向き合った二人

が互いにスケベな雑学を披露し合って、より強《つえ》えスケベ知識を出した方の勝ちだ！　勝った奴に四切れプレゼント！　負けた奴にも一切れプレゼントだァ～！」

「うおー！」

「猥談《わいだん》なら任せろー！」

「バリバリ！」

「酒を樽《たる》ごと頼むぞぉ！　なんせ今日俺は生ハム食べ放題になるんだからなぁ！」

いや中学生の修学旅行かよ。

気付けチャック、お前の気になってるエレナちゃんは物凄《ものすご》い冷めた目でお前の背中を見ているぞ。

「やっぱ男って変態っスね」

「収穫祭並みに盛り上がるねー……毎回……」

「まぁ男ってそういう生き物だからな……」

正直俺も連中の気持ちはわからんでもない。ライナとウルリカがいなかったら、立ち上がってプロレスラーみたいな入場の仕方で中央テーブルに向かって行ったと思う。だって生ハム食いたいもん。

「しかし勝敗は誰が決めるんです……？　猥談とはいえ審判が必要なのでは……」

「安心しろアレックス！　そこは我らが団長、ディックバルトさんにお任せするぜ～！」

「――公正な審判を皆に約束しよう。心ゆくまで、闘《や》りあうと善《い》い」

【第九話　第一回熟成生ハム猥談バトル】

「それなら安心だぜ！」

「ディックバルトさんならスケベ度を数値化できるからな！」

　慕われてるなぁディックバルト……。

　最近は仕事がなくて金欠状態だからか、良いグレードの娼館《しょうかん》に通えなくてしょっちゅう哀愁《あいしゅう》ある姿を見せていたが……チャックのおかげで少しは元気が出たようだ。

「さぁ肉削いでくぞ～！」

「最初は俺だぁ！」

「なんだと!?　なら俺が相手になってやろう！」

　こうして中央テーブルでは聞くに耐えないスケベ雑学バトルが開始された。

　バトルを見守る男たちも周囲で熱狂する、とんでもない低ＩＱの頭脳バトルの幕開けである。

「いいか？　これはとっておきのネタだが……庇通《ひさしどお》りにいるねーちゃんに直接話を持っていけば、相場より安く抱ける……！」

「マジかよ……！」

「さすがは値切りのネイトだ！　あの格安娼婦《しょうふ》を更に安くだなんて！」

「ケチだ！」

「うるせえ！」

「くっ……こっちも負けねえ！　いいかよく聞け！　〝女神の納屋〟にいる娘たちは……

〝飲んでくれる〟!」

「なッ……!?」

「――勝者、ルランゾ!」

「っしゃオラァ!」

「な、ま、俺が、負けた……!?」

「――値段交渉も醍醐味《だいごみ》だ……が、質の良いサービス情報は金を支払わなければ手に入らない……基本を疎《おろそ》かにしたな、ネイトよ」

「はーいルランゾに四切れな~、ネイトも一切れやるよ~」

いやーマジで聞くに堪《た》えんな。話題は大体が色町とか娼館ってとこだが、一部体験談交じりの生々しい雑学があるのが地獄みを深めている。向こうが放つ熱気から確かな温度差を感じるぜ……。

しかし……生ハム良いなぁ。畜生、なんでこんなに匂ってくるもんなんだろうな。熟成されすぎだぜマーゴット婆さん……金出すから売ってくれよマジで……。

「お~い、そこで一人お上品に飲んでるモングレルさんよォ~……お前は勝負しねぇのかよォ~?　え~?　それとも可愛《かわい》い子たちに囲まれてたら娼館の話もできねぇか~?」

「参加する」

「オイオイ随分と弱腰……ってエェ~!?　参加するのかよ!?」

「するよ。生ハム食いたいから」

「マジっスかモングレル先輩……」

「えぇー……」

お前たちは勘違いしているな。俺は別に女の前だからってそういう話をしないわけじゃない。

まして生ハム！　それも前世のパルマっぽい生ハムが食えるなら、いくらでもスケベ星人になってやる！

ごめんな、ライナ。ウルリカ。できれば今は……俺の姿を、見ないでいてほしい。

「――覚悟を決めたか、モングレルよ」

「ああ、できてるぜ」

俺とディックバルトは頷《うなず》き合った。なにこれ。

「……だったら対戦相手は俺だなァ～⁉」

「いやチャック、お前生ハムの胴元だろ」

「てめぇふざけんなよ～。生ハム四枚貰ってあのテーブルに戻って女の子たちと一緒にワイワイ楽しむ腹積もりだろうがよォ～！　俺がそんなこと許すと思ってんのかぇぇ～⁉」

「お前は本当に寂しい人間だな……」

「うるせぇ～！」

まぁ別に誰が対戦相手でも良いんだけどさ。

「あれ？　そもそもモングレルさんって娼館に通ったりしてましたっけ？」

アレックスの疑問に、俺は首を横に振った。

「一番高そうなとこには二回くらい行った。風呂付きのな」

「え……マジっスか……」

「――〝金杯の蜂蜜酒《はちみつしゅ》〟、か」

「一瞬で特定してくるの怖いからやめないか？」

「金持ちかよ～！　ますます許せねぇなぁ～！　え、ちなみに女の子はどんな感じだった？」

「いや、風呂入って身体洗ってもらって終わったから、女の子に関しては良くわからん」

「なんだよそれ～⁉」

「やっぱり変人じゃないですか！」

「……お風呂目当てだったんスね」

いや本当は一発気持ちよくしてもらうかーって思ったんだけど、女の子がなんか体毛濃くて萎えたんだわ。

なんでだろうな……俺の個人的な性癖《せいへき》みたいなもんだけど……なんかダメだった……。

「モングレルよォ……そんなんで俺に勝とうだなんて、随分舐《な》めてくれるじゃあねえかよォ～……」

「安心しろよチャック。俺はな……スケベ知識だけはいくらでもある！」

「娼館の風呂に入っただけですげぇ自信だなオイ！　素人童貞《しろうとどうてい》以下の野郎にこの俺が負け

るかよ！　先手は貰ったぜェ～！」

「チャックさんの先制攻撃だ！」

「これは決まったな……」

なにこれ先攻ゲーなの？

「とっておきを使ってやるぜ……いいか、よく聞け。〝極楽の相部屋《あいべや》〟にはなァ……スケェ手技を持った女がいて、割安で相手してくれる！」

「――ミリアちゃん、か」

「知ってるんですかディックバルトさん！」

「ああ……――これは、モングレルにとって厳しい展開になってきたな？」

いやわかんねーよ！　スケベ雑学なのに娼館のローカルお得情報ばっかじゃねーかよ！

誰だよミリアちゃんって！　ちなみにその子可愛い？

「さぁどう来る？　モングレルさんよォ……！」

ミリアちゃんを攻撃表示にしてターンエンドしただけで、なんだその余裕は。ミリアちゃんそんなグッドスタッフなのか。ちょっと気になってきた……。

いや。しかし。

……甘いな。

こいつらは所詮、伝聞とわずかな体験でしかスケベ雑学を溜《た》めてこなかった、いわば素人……そんな奴らがお前……なぁ？

情報社会日本のスケベ文化に揉まれてきたこの俺に勝てるとでも思ってんのか？

「俺のターン。よく聞け……〝男でも〟……〝乳首でイケる〟！」

「はっ、一体何を……」

その時、ディックバルトがカッと目を見開いた！

「──勝者、モングレル！」

「なッ……⁉　なんだってぇ⁉」

「嘘《うそ》だろディックバルトさん⁉」

「どうして……⁉」

「モングレルの言葉に偽りはない──……男の乳首は乳を出せず、いわば快楽を得るためだけに存在する最もいやらしい部位……それはこの俺が保証する！」

「マジかよすげえ！」

「ぐはぁッ！」

「ああっ！　チャックが倒れた！」

「超過ダメージに耐えきれなかったんだ……！」

「くそっ、聞きたくない体験談まで聞けちまった……！」

「そ、そうなんだぁー……へー……」

「──だがこの知識を持っているということは……──まさかモングレルも……？」

「いや俺は人から聞いただけ。通りすがりのスケベ伝道師から聞いた」

第九話　第一回熟成生ハム猥談バトル

「とんでもないスケベ伝道師がいたもんだぜ……」

「――モングレル……どうやらお前のことは、戦友と認めなければならんようだな……？」

「ごめん、それはお断りさせてもらっても良いか？」

「――フッ……」

というわけで、俺は無事に四枚の生ハムをゲットしたのだった。

気前良くながーく切ってくれたもんだから、薄いエールのアテとするならこれだけでも十分いけるだろう。何より食いすぎは身体に悪い。

「よう、勝ってきたぞ二人とも」

「……モングレル先輩、スケベっスね」

「へー……そういうこと、詳しいんだー……」

勝って美味い肉を勝ち取った。

しかしテーブルに戻ると、どことなく冷めた目で俺を見るライナと、顔を赤くするウルリカが待っていた。

……俺は……生ハムを得る代わりに、何か大切なものを失ってしまったのだろうか？

「……一緒に食う？」

「それは欲しいっス」

「あ、私も……」

だが今日食べた生ハムは間違いなく絶品で、二人もその味に満足してくれた。
俺は、それだけで十分よ……。

第十話　出会いと別れの春

待ちに待った春がやってきた。

多くの人にとって活動再開の季節でもあり、また新生活の季節でもある。

まず雪が解けて街道の往来が活発化すると、馬車の行き来によって交易が再開され始める。今や新商品発祥の地とも言われるレゴールにとってはまさに待ちに待った時期だろう。冬の間ちまちま作り続けていた商品がガンガン荷積みされ、王都やさまざまな街へとドナドナされてゆく。

あとは人の動きだな。就職やらギルドマンの拠点《きょてん》変更やらは今がハイシーズンだ。これから続々と他所からのギルドマンたちがレゴールを訪れるだろうし、レゴールからも多くのパーティーが遠征に向かうことだろう。

冬はレゴールの馴染《なじ》みと語らって親交を深める機会も多かったが、これからは活動の季節だ。新たな出会いも増えるだろうし、別れもあるだろう。

その別れの一つが今、レゴール西門でも行われようとしていた。

「……まさか、ブリジットが。いえ、ブリジット様が男爵家に連なる方だったとは。知らない事とはいえ、これまでの非礼の数々、お許しください」

「気にしないでくれ、シーナ。それにナスターシャ。身分を偽ったのも任務をこなせなかったのも全て私の不徳。騙《だま》してすまなかった。……平民の職務を経験できたことは、私の糧《かて》になったのだと思う。感謝しているぞ」

一際華美な装飾が施された馬車が三台、西門近くの馬車駅に停《と》まっている。

貴族用の馬車だ。そこには当然貴族がいる。それこそが、冬のバロアの森で苦行を積んだ新米女剣士、ブリジットだ。

しかし彼女は今、騎士装束ではなく何かこう儀礼用の服を身に纏《まと》っていた。そうなると完全に良いところのお嬢様にしか見えないな。まぁ以前もお嬢様オーラは全く隠せていなかったが。

向き合っているのはシーナとナスターシャの二人。どうやら二人はブリジットの見送りに来たようだ。

春に女性騎士として王都に向かうブリジット。その正体をついに知らされたわけだな。

……まぁみんな最初からわかってはいたんだけども。

「しばらく王都で暮らす事になってな。礼を伝える機会も限られると思ったのだ。だからこうして、二人に正体を明かした。これも私のわがままにすぎん。……出立前に会えて良かった」

【第十話　出会いと別れの春】

「ブリジット様……」

「様など良い。私は貴方《あなた》がたの前では、ブリジット・ラ・サムセリアである前に、単なる一人のブリジットでありたいのだ。……いずれ、貴方がたと共にまた任務に臨みたいな」

「……ふふ、そうね。その時は行軍にも慣れていてもらえると助かるわ」

「これは……手厳しい」

苦笑するブリジットはお付きの人の手を取らずひらりと馬車に乗り込んだ。

「さらばである。またいずれ、どこかでお会いしよう」

「ええ、いつかきっと。ブリジット」

そうしてブリジットを乗せた馬車の列は、王都方面へ向かって出発した。

感動のお別れ……っちゃそうなのかな。前の任務では世話を焼いたから俺に対して悪い感情もないだろうが……それでもこっちから顔を出すつもりはない。あばよブリジット。

俺は遠くから見送るだけにしておくぜ。

「……モングレル。声くらいかければよかったじゃない」

「嫌だよ。俺は仕事中なんでな」

「本当に貴族が苦手なのね」

「良い貴族は好きだよ。ただ、良い貴族は下々を変に振り回したりはしない」

俺は今、馬車駅で交易品の積み込みや積み下ろし作業に従事している。ブロンズランクの力仕事だ。これが結構良い金になるんだよ。

さっきまでのブリジットとのお別れシーンも積荷に隠れてこっそり見ていた。アニメだったら背景のモブとして映ってるかもしれないな。

「そんなことより〝アルテミス〟の団長さんよ」

「何？」

「前に仕入れた新型の鏃《やじり》、返品したそうじゃないか。一体どうしたっていうんだよ」

「耳聡《みみざと》いのね。……付け根部分に弱い箇所が多くてね。鏃単体が脆《もろ》いだけならまだしも、柄《つか》も一緒に駄目にしてしまいそうだから止《や》むなく返品するしかなかったのよ。うちでは採用できないわ」

「ああ、そういうことか。弓は専門じゃないが、プロがそう言うのならそうなんだろうなぁ」

弓の練習は何度もしたが、道具の良し悪しなんかはまださっぱりだ。

鏃なんかも新型なんてあるのかよって驚いたが、やはり新しいものには悪いレビューもついてまわるらしい。けどこうして実地で使ってもらえるからこそ製造にフィードバックができるわけだしな。作る側の独りよがりであっちゃいけないもんだ。

「春は小粒の獲物が多いから、耐久力のある道具が使いやすいの。性能が高くてもすぐに壊れるようではね」

「わかる。武器の信頼性ってのは大事だよな」

「……貴方の武器、言うほど造りの良い物ではないんでしょう」

第十話　出会いと別れの春

「おいおい、俺のバスタードソードに何か文句でもあるのかよ」

「ないわよ、別に」

シンプルな機構ほど壊れにくい。そういう意味では変な装飾のない実用性重視の俺のバスタードソードは優秀な相棒だ。

まぁ壊れないのは俺が強化でガチガチに固めてるからってのもあるけど。

「……モングレル。きっと今年中にライナはシルバーに上がるわ」

「お、ようやくか。早いな」

「ええ。そろそろ彼女も新しいスキルを習得する頃でしょうから。その時がシルバー昇格の時期でしょうね」

今のライナはブロンズ3。昇級速度は〝アルテミス〟の中にいるってこともあるんだろうが、それでもかなり早い方だろう。

だが札色が変わる昇進……つまり昇格には、なかなか厳格な審査を通らなければならない。ライナほど真面目《まじめ》にやるギルドマンでも、シルバーに上がるのはまだもうちょいかかる。

しかし言ってみれば、ギルドマンになってから二年ちょっとでシルバーに上がれるって話でもあるんだけども。

「後輩に追い抜かれるのよ。悔しくないの？」

「若者の成長を喜ぶのが年寄りの役目さ」

「三十歳でしょう、貴方」

「まだ二十九歳ですぅー」

「同じよ」

同じじゃねーよ二十九と三十は。エベレストとマリアナ海溝くらい差があるわ。

お前、次から俺が年齢尋ねる時には結構上め狙って訊《き》いてやるから覚悟しろよ。

「ライナも……最近ではウルリカもだけど、貴方のランクがブロンズ止まりなことを気にしてるわ。あの子たちの頼れる先輩でいたいのなら、いい加減そろそろ覚悟を決めたらどうなの」

「こればっかりは譲れんね」

「徴兵が嫌なの？」

やっぱそういうところは鋭いな。まぁ、俺にとっては徴兵だけが理由ってわけでもないんだが。

「ハーフは最前線で使い潰されるからな」

「……指揮官によるわよ。今時、サングレール人のハーフも珍しくはないわ。貴方は貴族を恐れすぎている」

「恐れすぎるに越したことはないだろ。誰だって命は一つ。魂だって大体のやつが一つ限りだ。死んでからじゃ遅いんだよ」

まぁ最前線にぶち込まれても死ぬ気はしないけどな。けどそこでサングレール軍相手に無双ゲーして何になるよ。

　戦場の英雄として祭り上げられて百人隊長にでも昇進するか？　そっから軍団長にでも成れるかもな。平民の身には余りまくる出世コースだ。

　そして俺はそんな出世を一ミリも望んでいない。国に縛られるなんてゴメンだね。

「シーナ、お前もパーティーの団長を名乗るんだったら後輩を死なせないように立ち回れよ。これからの季節、〝アルテミス〟の威光なんざ少しも知らない移籍組が増えてくるんだからな。女だけのパーティーなんて騒動の的みたいなもんだろ」

「貴方に言われなくてもわかってるわよ。しばらくは集団での行動を徹底させてる」

　移籍組。好景気に沸くレゴールをホームにする他所の街のギルドマンパーティーのことを、俺たちはそう呼んでいる。

　大抵はその街の仕事のパイなんてものはきれいに分けられているもんだから、他所からの移籍なんてのは上手《うま》くいかない。だが仕事の多い春から夏にかけては入り込む余地はいくらでもある。その間に既存のパーティーを追い落とせれば……っていうのが、まぁよくあるパターンの諍《いさか》いだな。

「ふむ。しかしモングレルよ。お前こそソロの上にハーフと、他所のギルドマンから付け込まれる格好の的だ。我々〝アルテミス〟の心配をするより先に、自身の心配をするべきだろうな」

「それはまあ、正論ってやつだな」

ちなみにナスターシャはさっきのブリジットとのお別れシーンで小さく手を振る程度しかしていなかった。無愛想なやつである。

「けど俺に関しては心配はいらねぇ。外で絡んでくる奴《やつ》は、穏当にボコボコにしてやるだけだからな」

「なによその奇妙な表現は」

要するにステゴロってことよ。この世界におけるステゴロ暴力は不思議なくらい罪が軽いのだ。

なんでだろね。普通に怪我《けが》するのに。

「おーい力持ちの兄ちゃん！　そろそろこっち戻ってくれぇ！　重いやつばっか溜《た》まっちまった！」

「あいよー！　さて、仕事に戻るか。じゃあまたな」

「ええ、邪魔して悪かったわね」

何はともあれ、今は積荷作業だ。

作業しつつ、目ぼしい宛先にケイオス卿《きょう》のお手紙を混ぜ混ぜしましょうね〜。

第十一話　春の風物詩

レゴールを拠点《きょてん》とするパーティーたちは、春を境に活動を活発化させた。

たとえば弓使いパーティー〝アルテミス〟はバロアの森で討伐任務だ。

冬眠から目覚めた動きの鈍い魔物をターゲットに、通常よりも深い場所へ潜っているらしい。早めの間引きのようなもんだな。

統率のとれた〝大地の盾〟は何班かに分かれ、他所から来たギルドマンをレゴール近郊の狩場候補地に案内したり、馬を使って少し離れた地点のクエストをこなしたりしている。

マイペースがモットーの〝収穫の剣〟は人それぞれだ。団長らの班は早速どこか遠征に出かけたし、逆にレゴールの近場で任務を受けてる奴《やつ》も結構多い。

その他少人数のパーティーたちも、自分らに合った依頼を受け始めている。

意外なところでは以前ギルドで俺をパーティーに誘ってきたルーキー、〝最果ての日差し〟なんかも意外としぶとく生き残っているな。

リーダーのフランクが独特な性格してるせいか、ちょくちょく対人関係で危ない目に遭っていたらしいが、持ち前の空気の読めなさというか図太さでここまでやってこられてい

BASTARD・SWORDS-MAN

る。驚くべきことに〝最果ての日差し〟は他の弱小パーティーを吸収合併し、今では六人になっているそうだ。

冬の間は食いつなぐだけでいっぱいいっぱいだったそうだが、これから任務も増えるし、チョイスを間違えなければ今年も乗り越えられるだろう。

俺？　俺は適当にやるよ。

まぁ基本的には春の美味《おい》しい野草を摘むために森や川辺の任務をこなすのが一番かな。ちょっと癖のある野草ほど天ぷらにすると美味い。

そんな感じでいつものように賑《にぎ》わうギルドで目ぼしい依頼を受け、バロアの森へとフィールドワークに出てきたのだが……。


「そこのブロンズのおっさん、ちょっといいか？」

「おー？」

森に入って少ししたところで、二人組のギルドマンに声をかけられた。見ない顔だ。多分他所の街からやってきた連中なんだろう。

まだ歩き慣れない森の案内をお願いします～っていう流れは自然ではあるのだが、二人の人相を見るに用件は違うらしかった。

「人は見た目が九割」という残酷な格言が前世ではあったが、似たような法則はこの世界でも適用されるようで、オブラートに包まず表現すると二人組の男はいかにも「俺たち犯

第十一話　春の風物詩

罪者やってます」といった人相だった。

そんな凶悪な顔した人たちが剣の柄《つか》に手をかけて〝これから犯罪やります〟みたいな笑みを浮かべていたらさすがの俺でも警戒はする。

年齢は二十かそこらだろうが、人相の悪さで老けて見える。

得物はどっちもショートソード。あと投げナイフかな。

首元の認識票はブロンズだが、本物かどうかは怪しい。

……ギルドから尾けてきたらさすがにわかる。

まさかこいつら、森の近くで待ち伏せでもしてたのか？　結構慎重な盗賊《とうぞく》だな。

「穏やかじゃねえな。俺に何の用だよ。金ならつい最近稼いだ分が結構あるぞ」

「おっ、話が早いなおっさん。剣を捨てて金をよこしな。そうすりゃ命だけは助けてやるぞ。おっと、逃げられると思うなよ？　俺は〝抹殺のロキール〟で通ってんだ。背中を見せたら生かしちゃおけねえ」

「俺は〝瞬殺のカルロ〟……てめぇが怪しい動きをしたその瞬間、俺の投げナイフが脳天に突き刺さるぜぇ……」

いやまぁ怖いよ顔は。

でも武装がショートソードで盾なしってことはそこまで強くないんだよなこいつら。多分これまでも武装のショボいソロのギルドマンを相手に金をふんだくってきたのだろう。

つまり、この俺のバスタードソードを見て侮ったってことである。

許せねえよなあ？

「良い度胸だ……俺の名前はモングレル。お前たちをレゴール衛兵に突き出す者の名だ」

「ハハッ、こいつやる気だぜロキール。……剣を抜いたな？　もう引き返せねえぞ」

「仕方ねーな、やっちまおうか。行って来いカルロ」

街中で素手で喧嘩《けんか》をふっかけてくるゴロツキ相手だったら俺も素手でなんとかする。

だが街の外で、それも武器持ちで殺しありきで襲いかかってくるような盗賊相手ではバスタードソードを使わざるを得ない。

けどまぁ俺の装備だけ見て襲撃を仕掛けてくるような連中なんて大したことはない。春は変な奴らが湧く季節だ。臨時収入とでも思って相手してやろう。

「死ねいっ！」

弱そうな雑魚《ざこ》敵が好んで使いそうな掛け声と共に、投げナイフがこちらに放たれた。

「投擲物《とうてきぶつ》に強化なし」

それをバスタードソードの剣先でぺいっと弾く。まぁ軽い刃物はこの程度ですわ。

「あっ……」

軽々と飛び道具をいなした俺を見て、ロキールとやらは何かを察したらしい。

いや運が悪かったなお前たち。許すつもりはないけど同情はするぞ。

「ショートソードってことは簡単な自分への強化も使えないんだろ。春先の素人《しろうと》ギルドマンをターゲットにするならアイアンを狙っておくべきだったな。俺が普通のブロンズでも

第十一話　春の風物詩

怪しかったと思うぜ」

「く、来るな……」

「ああ勘違いするなよ。次に活かせって意味じゃないから。お前たちは豚箱行きだ」

「うわぁあああっ！」

反転しようとしたカルロの脳天を、バスタードソードの腹でぶっ叩《たた》く。

べいーんと鋼の良い音がして、一人の悪党は土の上に転がって気絶した。さてあともう一人。

「……な、なあ。俺はまだ誰も殺しちゃいないんだ……見逃してくれ……」

「お前さっき〝抹殺の〟とか名乗ってたろうがよ。……ていうか、あれか。そのマジっぽい反応からして殺しもやってたのか……ハッタリだけだったら良かったんだがな」

こんなしょうもない悪党どもに殺された人がいる。

まあ命の軽い世界だから悪党といえばそんなことも珍しくはないにしても、胸糞《むなくそ》悪くなる話だ。

「み、見逃してくれぇーっ！」

男は気絶した味方を置いて逃げ出していった。

人殺しかつ薄情。まぁその方がこっちとしても気兼ねせずに済むんだけどさ。

「天誅《てんちゆう》！」

「ぐえっ！」

逃げて距離を置かれた相手をどう仕留めるか。

答えは簡単だ。相手より速く走ってぶん殴れば良い。

相棒と同じ方法で頭を強打され、二人目も土の上に転がって気を失う。

さて、あとはこいつらをレゴールにお届けするだけだ。

「縛ったら天秤棒《てんびんぼう》の前後に一人ずつ吊《つ》るして、ってとこだな……重くなりそうだ」

こういう時、仕留めた魔物だったら内臓を抜いて軽くするんだが、人間相手はそうもいかない。

面倒だが子豚の丸焼きを二つ吊るす感じで、街まで連行していくことにしよう。


いつもは軽口を叩き合うフランクな門番だが、さすがに人間二人を棒に吊るしてやってくる姿を見せれば対応も真剣なものになる。

「森で待ち伏せか……卑劣《ひれつ》な連中だ。認識票も自分たちの物ではないんだろう。誰かを殺して成りすまし、レゴールに入ろうとしたのか……」

「すまんなモングレル。こいつらはこちらで尋問にかける。追ってお前には報奨金を出そう。額は余罪次第だな」

いつもは門の休憩室でダラダラしている連中も姿を見せ、縛られた二人組に厳しい視線を送っている。

これから異世界クオリティの尋問という名のほぼ拷問《ごうもん》にかけられ、二人のならず者は余

第十一話　春の風物詩

罪を追及されることになるだろう。犯罪奴隷《はんざいどれい》として使えるギリギリのラインで振るわれる暴力だ。ここからは正直関わりたくもない。

「じゃあ俺はまた森に潜らせてもらうよ」

「大丈夫か？　怪我《けが》はなかったのか」

「無傷で制圧できたしな。浅いところで春の野草だけ採取したら戻ってくるさ」

「そうか……気をつけろよモングレル。街の外ともなると俺たち衛兵では守ってやれんからな」

「心配してくれるのか、嬉《うれ》しいね。でも野草の分け前をプレゼントできるほどの時間はなさそうだ」

「なに、今度また肉を持ってきてくれればそれで良いさ」

「それ結構図太い要求してるぞお前ー」

「ガッハッハ」

春は人も物も金も動く季節。それに合わせて悪い連中もカサカサ動き回るのは仕方ないことだ。

こればかりは風物詩ってことで納得するしかない。悲しいことに、珍しいもんでもないのだから。

第十二話　ハルペリアの注目株

ギルド内には見知らぬ顔が増え、賑《にぎ》やかであると同時にちょっとピリピリするようにもなった。

仲間内のメンバーばかりだとどこか弛緩《しかん》した空気になるが、何を考えているのかわからない相手がいるとなると無意識にでも警戒はしてしまうものだ。

それにギルドマンは舐《な》められたらおしまいな部分もある。良い依頼を受けるためには名声が必要なことも多いのだ。誰それに喧嘩《けんか》で負けたなんて噂《うわさ》が流れるだけでも商売に差《さ》し支《つか》えることとさえあるのが普通だしな。

「レゴールの討伐任務は実入りが悪いな……」

「小物がたくさんって感じね。田舎《いなか》みたい」

「一山当てるには向かんな。腕が鈍りそうだわい」

首からシルバーの認識票を引っ提げたよそ者パーティーが話し合っている。

内容は〝レゴール周辺の魔物は雑魚《ざこ》ばっかで運動にもならねえなあ〟って感じだろう。

いや、本人たちにはそこまで悪意はないんだろうが、周囲で聞いているレゴールをホーム

第十二話　ハルペリアの注目株

にしたギルドマンにとってはどこか侮られたように聞こえたのだろう。

こういうヒリついた空気がたまんねえのよな、今の時期は。

もういつ誰が「じゃあそのレゴールのギルドマンとどっちが強いか試してみるか?」とか凄《すご》み始めてもおかしくはない。

一触即発よりやや手前くらいの殺伐とした牛丼屋《ぎゅうどんや》めいた雰囲気……こんな空間でひっそりと飲むミルクは格別だぜ……。

「やあモングレル。まだ昼間なのに飲んでいるのかい」

西部劇さながらのギルドの雰囲気を味わっていると、珍しい相手から声をかけられた。

「おー、久しぶりだなサリー。三年ぶりくらいになるか。〝若木の杖《つえ》〟は王都にホームを移したんじゃなかったのか。それとも護衛でレゴールに立ち寄ったのか?」

「本当に久しぶりだね。一応護衛しながら来たのは確かだけど、またホームをここに戻そうと思ってね。相席いいかな」

「おう。あ、ちなみにこれミルクだから」

「あ、本当だ」

黒いボブカットに無害そうな糸目。そしてレゴールのギルドではあまり見ない魔法使いのローブ。歳《とし》は俺と同じくらい。

彼女は数年前にレゴールを拠点《きょてん》に活動していた実力派パーティー〝若木の杖〟の団長、サリーだ。白い首元には三つの星が嵌《は》め込《こ》まれた金の認識票が輝いている。

第十二話　ハルペリアの注目株

王都でも十分にやっていける力のあるパーティーだったが、今更レゴールに来てどうするんだろうな。

さっき依頼を選んでいた連中もぼやいていたが、春の討伐関連は本当に湿気てる街なんだが。

「王都もやりがいのある仕事は多かったんだけどね。活気づいているといえば最近はレゴールの方が上じゃないか。ほら、ケイオス卿《きょう》ってここの人間なんだろう？　そのおこぼれに与《あずか》ろうと思ってね。一度こっちに戻ってきたんだ」

「はーなるほど。お前もケイオス卿のなんかで来たクチか」

新商品発祥の地レゴール。それに伴う仕事は多く、好景気はレゴールのさらなる発展を容易《たやす》く予測させてくれる。

貴族街ではバロアの森までの道路整備の話も持ち上がっているし、それにともなってギルドマンの仕事もまぁ増えなくはないだろうが……。

「王都から見るとやっぱりレゴールの勢いはよく見えるよ。人や物の流入もね。貴族の方々は嫉妬に駆られているくらいだし、それを眺めているのは面白くもあるんだけど……僕らは流れに乗り遅れまいと、ちょっとした博打《ばくち》を打つことにしたわけさ。そんなに心配はしてないけど、駄目そうならまた王都に戻るだけだしね。けどレゴールはもっともっと伸びていくんじゃないかな」

「ほうほう、王都からはそう見えてるのか」

ハルペリア王国としては王都がなんでも最先端という状態にしておきたいところだろうが、俺のせいで大分《だいぶ》計算が狂っているらしいな。こういうその街の空気感は実際に行ってみないとわからないもんだから、人伝《ひとづて》にでも聞けるのはありがたい。

「ここだけの話、アマルテア連合国の交易団もレゴールに足を伸ばしているからね」

「マジ？」

「僕たちはその交易団の護衛でやってきたんだ。間違いはないよ。他にも大きな商会がいくつかレゴールに支店を構えるそうだ」

「それは……これまで以上に景気が上向きそうだな」

そうか、連合国も動き出したか。……友好国だしな。距離は離れているがありえない話でもないか。

それだけレゴールから生まれる新商品たちに利を見出したってことなんだろう。ゴールドランクの〝若木の杖〟を護衛に雇うのだから本気と見て良いはずだ。

……やべーな、レゴールの外壁拡張工事が始まってもおかしくねーぞこれ。バロアの森の開拓範囲拡大も急ピッチで進められるかもしれん。わりとマジでギルドマンの仕事も増えそうだ。

さてどうすっか。この機に乗じて世の中に流すべき発明品について考える必要が出てきた。何を優先するべきか……悩むな。

「モングレルは未《いま》だにソロでやっているのかい？　……ああ、まだブロンズなんだ。逆に

第十二話　ハルペリアの注目株

感心するな」

「気楽なギルドマンを極限まで追求するとこういう人間が生まれるんだぜ、サリー」

「なるほどね。それじゃあ僕らのパーティーにお誘いするわけにはいかないな」

「新入りを探してるのか？」

「一応ね。今のレゴールに詳しいギルドマンを何人かって考えてはいるけど。まあ、ゆっくり探すよ」

サリーとは三年前からずっとこんな調子だった。話の波長はなんとなく合う相手だ。

しかしサリーは鋭い部分もあるのであまり懐《ふところ》を開きすぎないようにしている。妙《みょう》なことから俺のケイオス卿としての側面がバレかねないからな。そういう意味では一番警戒している相手ではある。基本的に変人ではあるが。

「若いやつを取り入れるのもいいが、その前に昔馴染《むかしなじ》みの連中には顔出しておけよ。お前が戻ってきたって言ったらみんな驚くと思うぜ」

「おっとそうだね、忘れるところだったよ。モングレルは驚いてくれたかな」

「そこそこ」

「そこそこ、か」

サリーはそのまま手を振るでもなく別れの挨拶をするでもなく、席を立ってギルドを出ていった。

これがあいつの基本的なムーブである。話の入り方とか切り上げ方が独特すぎるんだよな。

「ああ、そうだモングレル。これは王都で聞いた話なんだけど」

と思ったらまた入り口からサリーが戻ってきた。

自由だな、ほんとお前な。

「近々このレゴールに王都から魔法用品店が支店を出してくるそうだよ」

「なんだって？　それ本当かよ」

「直接聞いたし間違いないよ。弟子の一人が独立を許されたんだってさ。モングレルは魔法に興味があっただろう？　市場でなんか変な魔法の入門書を買ってたくらいだし」

「ああ例のクソみてえな本な。あれは騙《だま》されたわ」

数年前に黒靄《くろもや》市場で魔法の初級指南書を買って試してみたことがあったが、一週間無駄な瞑想《めいそう》をするだけに終わったからな。サリーから〝それデタラメだよ〟と指摘されてなかったらもう一週間は瞑想を続けていたかもしれない。

瞑想のお陰でちょっと集中力高まってきた（プラシーボ）気になったので完全に無駄ではなかったかもしれないが、騙されたと分かった後は本はバラバラにして革屋に売りつけてやった。懐かしい事件だ。

「初心者用の道具も売られると思うから、もしまだ興味があるなら行ってみると良いよ。値段はするけど品質は良い店だからおすすめだね」

「有益な情報だぜ、助かるわ。また水魔法に再チャレンジしてみるかー」

「魔法の習得、楽しみにしているよ。モングレル」

それを最後にサリーは再びギルドを出ていった。やはり挨拶とかはしない。おもしれー女。

「……連合国の交易に、魔法商店か。激動って感じだな」

ぬるいミルクを飲み干しながら、物思いに耽《ふけ》る。

レゴールを裏からどう伸ばしていくか。どう変わるように誘導していくか。

……街の規模や注目度がでかくなると、そう思い通りにコントロールできなくなりそうで怖いな。

これからはより慎重に進めていくべきなのかもしれん。やることはやっていくにしてもな。

ま、活気があるのは良いことだ。特に交易が活発になるのは良い。

連合国産のかっこいい武器とか流れてこねーかなぁ。

第十三話　タレはタレの味しかしない

俺は塩派だ。

何故《なぜ》なら、通は塩だからだ。素材の味を楽しめるからだ。最終的にたどり着く境地は塩だからだ。

しかし時折、屋台なんかで鶏肉《とりにく》の塩串焼きを食べていると思うのだ。

……ごめん、やっぱタレないとつれぇわ。


まず、タレとは何か。

まぁ日本で使うタレはメインとなる材料は決まっているんだが、まずは焼鳥のタレを例に挙げてみよう。焼鳥のタレに必要な材料は醤油《しょうゆ》、みりん、酒、砂糖の四つってところだ。みりん、砂糖、酒の配合は結構変わるもんだが、この中で最も欠かせない要素と言えば醤油だろう。醤油がなければタレの味は出せないと断言しても良い。

うん。醤油な。うん。

……次に醤油のレシピだ。主原料は大豆、小麦、塩。

第十三話　タレはタレの味しかしない

お？　なんか行けそうじゃんって思うじゃん。俺も思う。大豆まんまな奴《やつ》はないけど、似たような味の豆はこの世界にもあるからな。

でも隠し味的な原料として足りないものがある。それが麹菌《こうじきん》だ。

……こうじ……？

まあ、つまり天然酵母《こうぼ》とかと同じ……発酵に必要な微生物たちのことなんだが……こいつは日本とか湿度の高い東アジアとか東南アジアにしか存在しない。レゴールは湿気も少ないし基本的には涼しい気候だ。環境としては日本とは大分異なっている。

……はい終了！

醬油作れません！　自動的にタレも作れません！　この話はやめよう！　ハイハイやめやめ！

いやマジなんなんだろうな醬油って。日本食っぽいもの作ろうと思ったら兎《と》にも角《かく》にも醬油が立ちはだかってくるんだよなこれ。

俺も日本食至上主義者ってわけじゃねえけどさ。この世界に来てからも別に熱狂的に米とか味噌《みそ》とか探そうともしない程度にはその場に適応できる人間だけどさ。

シンプルに前世が日本人だったせいで作りたい料理のレパートリーが日本食に偏ってるんよ。醬油と味噌ないと汁物さえまともに作れねーのよ。わかるかこのもどかしさ。塩を崇《あが》める宗教に熱狂するしかなかったんだよ俺は。

ちなみに味噌も麴菌ないと作れないから俺は味噌汁《みそしる》も飲めません。クソである。いや味噂の話をしながらクソの話するのはよくないいな。お排泄物《はいせつぶつ》ですわマジで。

なんで麹とか醬油とかがもっと普遍的に存在してないんだ。岩掘って岩塩が出るくらいなら砂漠を掘ったら醬油が湧き出して来ても良くねえか？　パイクホッパーの腹を思い切り殴ったら口から吐き出すあのくっせぇゲロみたいなやつが実は醬油でしたってことになんねえか？

ああタレを舐《な》めたい。醬油が欲しい。釣りの準備は着実に整っているのに釣った後のレシピが貧弱すぎる。刺し身食いたい刺し身。

だがないものねだりしていても醬油の雨は降ってこない。

ないならないなりに頑張るのが工夫できる優秀なギルドマンだ。


というわけで、俺は市場で調味料を探すことにした。

「珍料理……大発見！」

「なんなんスかねそれ」

「これから俺たちは市場に流れてきた各地の交易品を探して回り……美味《うま》そうな調味料を見つけ出す！」

俺とライナとウルリカは市場にやってきた。

バッタモンに溢《あふ》れた黒靄《くろもや》市場ではない。ちゃんとした賑《にぎ》わっている方の市場である。

「……釣りに必要な物買いに行くぞって言うから来てみたら、調味料スか」

【第十三話　タレはタレの味しかしない】

「私は結構楽しみだなー。最近よその商品がたくさん出てきてるんでしょー？」

「既にあるやつで良いと思うんスけどねぇ……」

「良くない！　それは良くない考え方だぞライナ！　食の豊かさは挑戦から！　お前はまだ若いんだからもっと自分から色々なものを食っていかなきゃいけないんだぞ！」

「私もう大人スけど……」

黙らっしゃい、ライナが大人なんざ百年早いわ。いや百年は言いすぎたな、二、三年は早い。

「とにかく調味料らしいものを片っ端から試していく！　そして良い感じの奴は買う！」

「……モングレル先輩、どうしてそんな調味料を？　まぁ魚とかに使うってのはわかるんスけど」

「魚料理に使うものが欲しいってのもある。が……まぁ単純に俺の故郷の味をできる限り再現したいってのがメインだな」

「あ……モングレルさんの故郷……」

醤油や味噌がなくても代用品はいくらでもある。日本で生み出された代用醤油だとか、魚醬《ぎょしょう》だとか、ガルムだとかな。異世界各地から集まったそういう調味料からそれっぽいのを集めておけばいざという時に使えるだろ。

何より調味料は保存が利く。買っておいて損になることはあるめぇよ。

「……わかった！　私、頑張ってモングレルさんが必要とする調味料を見つけ出すから！」

「おお気合入ってるなウルリカ。頼むぞ。お前たちの味の好みも参考にしたいからな」

「……まぁそういうことなら、私も頑張るっス」


そういうことで俺たちは市場の散策を開始した。

見慣れない果物や乾き物など目移りする商品が増えたが、それらを一つまみしたい欲求をグッと堪《こら》えて目当てのものを探していく。

しかし多いのは粉系だ。ハーブやスパイス、香辛料の類いが目立つ感じ。液体系の調味料は輸送に難があるせいか滅多に見かけない。

たまに見かける液体調味料は一滴味見させてもらうと、大体がしょっつるというか……魚醬というか……塩味はあるけど生臭い感じのものばかり。正直俺はあまりこういう魚醬とかナンプラーみたいなものに詳しくない。火にかけて酒とか砂糖とか色々混ぜてどういう味になっていくのかは見当もつかねーわ。ライナやウルリカも味見してみたが、絶賛するほどではないようだった。特にキツめの匂いが慣れないらしい。

「モングレル先輩、スパイスばっか買ってるっスね」

「でもそれ、モングレルさんの目的のものではないんでしょ……？」

「まぁなぁ。けど使えそうだと思って買っちまった」

荷物に追加されていくのは粉や乾燥スパイスばかりだ。

第十三話　タレはタレの味しかしない

香りの強いものなのでカレーとはいかないまでも、肉にかけたら良い感じになってくれるだろう。

……探し回っているうちに、もうこれで妥協して良いんじゃないかという思いが頭を過る。

もう俺の求める調味料にはたどり着けないのではないか……？

スタッフの誰もが諦めかけていた……その時！

「おお、こ、これは……！」

「！　見つけたの？　モングレルさん！」

「干した海藻だ！」

それは昆布……とは違った形をしていたが、大きなヤツデの葉みたいな形をした海藻に違いなかった。

表面は塩を吹いたようにうっすらと白く染まっている。爪の裏で叩《たた》いてみると、肉厚で硬そうな感触が返ってきた。

「連合国から来た海藻の保存食だよ。水で戻して焼いて食うんだとよ。俺は食ったことはないがねえ」

「水で戻して、焼く？」

「肉と似たような味がするらしい。本当かどうかは知らんがね」

肉と似た味？　全く想像できねえけどつまり十分な旨味《うまみ》は出るってことか。

いやとにかく、海藻なら問題ねえ。昆布出汁《だし》として使えるはずだ！　……多分！

「面白そうだ、これ売ってくれ」

「あいよ、結んでまとめてあるから十枚ずつで買ってもらうが良いかい」

「じゃあ三十枚くれ」

「お、そいつは助かる。値段は一枚分おまけしてやるよ」

「助かるぜー」

こうして俺は故郷の味に少し近づけるであろう食材を手に入れたのだった。

「モングレル先輩の目当てのものっスか」

「ああ。故郷でも似たようなものを食ってたから、まぁ食えるだろう」

「良かったねぇ、モングレルさん」

「二人ともありがとうな。ああ、お前たちも何か買うものあるか？　大きな買い物するなら荷物持ちくらいにはなってやれるぞ」

「マジっスか。じゃあちょっとクランハウスで使う物をお願いしたいっス」

「あ、私もー！」

こうして俺はいくつかのスパイスと昆布っぽい何かを手に入れた。

醤油の代用品は見つからなかったが……まぁこの世界の何か適当なソースでも我慢できなくはない。

しばらくは新素材を使った創作料理に没頭できるだろう。

第十四話　ヤツデコンブを最も肉っぽくする方法

BASTARD・SWORDS-MAN

ヤツデという植物の葉は、文字通り八手《やつで》、八本の指が伸びた手のような形をしている。あれだ。鼻高天狗《はなたかてんぐ》とかそういうのが持ってる葉っぱの団扇《うちわ》。まんまアレだな。天狗《てんぐ》の羽《は》団扇《うちわ》なんて別名もある。

俺が前に買った昆布っぽい海藻は、そのヤツデにそっくりだった。ヤツデの葉っぱなんて食えるようなもんじゃないから食品とイメージが結びつかないのだが、色合いや硬さは昆布そっくりに見える。

「……んー……まぁ旨味《うまみ》もあるよな、これ」

昆布に含まれる旨味成分……グルタミン酸だっけな。塩吹いてる表面を舐《な》めてみるとわずかにそんな感じの旨味を感じる。旨味は日本食の基本だ。もしかするとこれで新たなレパートリーを開拓できるかもしれない。

しかし不安要素もある。

「水に戻してから焼くと肉の味がするってなんだよ……売り込み文句が逆に怖いわ」

昆布が肉ってのが本当にわからんな。大豆で作るステーキ的なやつ？　いやいやどんな成分だったら肉みたいな味がするんだよ。そう考えると煮出しても思っていたような出汁《だし》が出ないんじゃないかと不安になってくる。

だがせっかく買ったんだ。とにかくまずは味見してみる他あるまい。

「水で戻すのも多少加熱して出汁を取るのも変わらんだろ。出汁取りと昆布ステーキ、両方やってみるか」

小鍋に水を張り、ヤツデコンブ（仮）を投入。そのまま水から加熱を始めてゆく。

今俺が調理しているここは、以前かにこ汁を作った屋外炊事場。今日は俺一人だが、まぁのびのびと創作料理を試させてもらうとしよう。故郷の味の再現は一人で静かに豊かにやっていたいからな。

「……沸騰前に取り除く、と。まぁ柔らかくはなってるが……肉ではないな」

前世の昆布の出汁取りと同様に、沸騰前に取り出してみる。

ヤツデコンブは柔らかくなったが、肉ではない。ただ、どこか懐かしい匂いはする。海藻特有の磯っぽさと、旨味がありそうな匂いだ。

しかし昆布ステーキはまぁ個人的にはどうでもいい。大事なのはこの汁の方だ。

というわけでさっそく一口味見をば。

「んー、まぁ昆布……だよな？　ちょっと違うか……？　風味は違うがまぁ旨味はある気がする……」

一口飲んでみると、昆布とは少し違っていたが旨味は出ているように思う。

第十四話　ヤツデコンブを最も肉っぽくする方法

だが断じて肉ではない気がする。これを煮詰めてもステーキ味になるとは思えんね。

「……出汁を煮詰めて、塩を足してみてってとこだな……」

大体のイメージは摑《つか》めた。昆布出汁とそっくりなものが作れる……そう考えて間違いはないだろう。良いものを手に入れたぜ。

あとはまぁ、おまけとして昆布ステーキも試してみるか。

お湯から引き上げたヤツデコンブを油を引いたフライパンに投入し、焼いてみる。小盾から作ったフライパンだから底が丸いけど、まぁまぁ使えれば良し。

油が汁気の多い昆布の下でパチパチと音を立てる。じわじわと昆布が動き、縮んでいるような反り返っているような。肉と比べると薄いので、早めにひっくり返す。案の定片面は既にいい感じに焼けていた。

……いや本当に肉の味になんのこれ？　市場のおっさん適当な情報摑まされてない？

半信半疑になりながら調理を進めていく。油を足しつつ、こまめにひっくり返しつつ……。

もっと加熱すれば肉の匂いが出てくるんじゃないかという淡い希望を懐いていたが、これ以上はさすがに焦げそうだってところで火から救出した。

出来上がったのは焼け目がついたヤツデコンブ。調理法そのものは間違っていないはずなのにどうにも前提から失敗している感が否めない。

「まぁとりあえず……食ってはみるけど……」

自分で料理しておきながらなんだけど気が進まねー……。

でも食べちゃう。もぐもぐ。

……んー……？

「肉……かなぁ……？　いや海藻だけど……？」

食べてみた感じ、確かに昆布とは違うけども……けども……。でもやっぱ断じて肉ではねーよという……想像通りの味がした。期待してなかった通りの味だ。

「いや待てよ、出汁取っちゃったのがマズかったのかもしれん。水で戻すだけで調理してみよう」

俺は出汁を取るために加熱したが、それが旨味を逃がす原因になったとすればこの結果も仕方ないのではないか。そう仮定して、新たなヤツデコンブを水で戻していく。今度は加熱せず、ふやかすだけに留めておく。

水が浸透して柔らかくなったら再び油で炒めてみる。

ジュウジュウパチパチ。……今度はさっきよりも、いい感じの匂いがしているような、してないような……。

「おーモングレル、なんだそれは。料理やってるのか」

「ん？　ああバルガーか。前に市場で見つけた謎の食材をちょっとな。そっちは燻製《くんせい》か」

「ああ。今日はのんびりな」

油炒めをやってると、通りがかったバルガーが声をかけてきた。どうやらこいつは向こ

【第十四話　ヤツデコンブを最も肉っぽくする方法】

うの竈門《かまど》で燻製を作っていたらしい。パーティー用なのか自分用なのか。結構纏《まと》まった量を作っているようだ。良いよな燻製。俺もこの世界の燻製チーズは大好物だ。

「……え、なんだそれ。葉っぱ？」

「海藻だよ。名前は知らんけど」

「名前も知らない食材を調理してんのかお前」

「聞くの忘れちまってなー。今度連合出身の奴《やつ》に聞いてみようと思ってはいるんだが」

ここでひっくり返す！

……うーん、煮出してないからさっきのヤツデコンブより色が濃い目で、火加減が良いのか自信ねえな……。

「海藻ってのはそんな調理をするもんなのか？」

「俺も初めてなんだよな。売ってたおっさんが言う話じゃ肉みたいな味がするらしいぞ」

「ほー、面白そうだな。燻製少しやるから一口わけてくれよ」

「逆に燻製貰《もら》っちゃっていいのかよ。美味《うま》いかどうかわからんぞこれ」

「ギルドマンは冒険心が大事だからな！」

「俺は慎重な心を大事にしたいが……そろそろ良いかな。バルガー、この鉄板に乗った状態のままでこいつ切り分けてもらえるか」

「あいよ。……ってなんだこれ、バックラーじゃねえかよ」

「取っ手付けただけの調理器具だよ。良いだろ」

「なんだかなぁ……同じ小盾使いとして複雑なんだが……」

盾の窪《くぼ》みの上で、バルガーがヤツデコンブを切り分けていく。ナイフでちゃちゃっとなぞるようにヤツデの指を解体していくと、どことなくベーコンっぽい形のものが八枚生まれた。まぁベーコンではないんだが。

「じゃあ一枚貰うぜ」

「おう。俺も一口……」

いざ実食。むしゃぁ……。

……お？

「肉……ではないけど……」

「肉……っぽい感じはある……かもしれない……？」

食べてみると、油で炒めたせいなのか、焦げ目があるせいなのか、そこに旨味が加わったおかげなのか、ベーコンっぽい見た目に近い、肉的な食べ応えを感じた。

ただ肉ではない。代用肉というか……肉モドキというか……それに近いものって感じだ。食感なんかは特に全然違うしな。でも意外なほど、肉っぽさは感じる。不思議な味だ。

まぁ不思議ではあるんだけども。

「んー、これ食うなら肉食った方が良くないか？」

「バルガーもそう思うよな。俺もそう思う」

ただ普段から肉を食える立場からすると、わざわざこれ食う必要ある？　って感じなの

第十四話　ヤツデコンブを最も肉っぽくする方法

は間違いない。

あくまで面白食材というか、肉食できないタイプの人向けというか……。

「何が足りねえんだろうな。あ、モングレル。これ炒める時に獣脂使ってみたら良いんじゃねえか？」

「それ使ったらもう肉になるっていうか、ちょっとずるくない？」

「ちょっと試してみようぜ。獣脂持ってきてるからよ」

「まぁやってみるか。食感は変わらなそうだけどなぁー」

フライパンに獣脂をぺいっと投入して、残ったヤツデを再加熱。うん、こうしてジュウ炒めてると匂いは完全に肉だ。獣脂使ってるから当たり前ではある。

そうして出来上がったものを食べてみると……なるほど、確かにこれはベーコンのようだ！

「いやこれやっぱずるいってバルガー。獣脂使ったらそりゃ肉っぽくなるって」

「ハハハ、完全にクレイジーボアの味がする。でもこっちのが良いだろ？」

「まぁ良いけど。……あ、こいつと一緒に買ってきたスパイスも入れてみっか。もっと肉っぽくなるかも」

「おー！　なんだよモングレル、そんなもんまで買って金大丈夫なのかよ」

「いや最近結構やばかった」

「本当に買い物になると馬鹿だなお前ー」

「ちゃんと賢い買い物してますぅー」

その後、肉用のスパイスをいくつかパラつかせてヤツデコンブステーキの完成度をより高めてみたり、色々と悪ふざけじみた調理法をテストしたりなどで楽しんだ。

創作料理はこういうところが楽しいんだよな。このヤツデコンブを美味しく調理するノウハウに関しては連合国を越えてるかもしれん。

結局俺たちの出した結論としては、バルガーの持ってきた燻製肉にスパイスかけて食うのが一番美味いということになった。

アホかよ。

第十五話　先を見据えた金稼ぎ

春は仕事の季節。ギルドマンにとっても嬉《うれ》しい時期だ。

バロアの森の奥深くに籠《こ》もっていた連中が活動範囲を外側まで広げ、狩猟ができるようになる。

チャージディアの毛皮が、毛の生え変わりの影響で価値が落ち気味になるといったちょっとしたマイナス要素もあるが、討伐せずとも生え変わりの角を拾えたり野草や薬草が多かったりと、歩いてて楽しい季節である。

とはいえ、春はそうバロアの森に関《かか》わっていられない季節でもある。

啓蟄《けいちつ》。春は虫の湧く季節。パイクホッパーが各地でブイブイ言わせる時期でもあるからだ。

パイクホッパーはハルペリアでは比較的珍しい虫系魔物の一種だ。犬サイズのバッタといえばビジュアルはなんとなくわかるだろう。

尖《とが》った頭部が頑丈で、強いジャンプから繰り出される頭突きは子供相手であれば突き殺せるレベルである。

しかしでかい図体《ずうたい》のせいか小回りは利かず、正面にさえ立たなければ避けることはそう難しくはない。アイアンクラスのギルドマンでも十分に討伐できる魔物だ。

だがパイクホッパーの問題は戦闘力ではない。こいつの主食が小麦ってところにでかい問題がある。

ただでさえバカでかい図体に草食。しかも人の主食たる小麦をメインターゲットにする悪辣さ。この国においてはそこらの不快害虫なんて目じゃないくらい嫌われている存在だ。

幸《さいわ》い、パイクホッパーは小麦に狙いを定めて集団移動するタイプの魔物ではない。空も飛べないので簡単な柵があればある程度動きを封じることもできる。

それでも農業国家としては存在を許せる魔物ではない。そのため、ギルドによる春のバッタ討伐は大々的に行われているのだった。

「来たな、飛び跳ねる貢献値」

農場に近い林に入ってすぐ、向こうの茂みから藪《やぶ》を踏みしめる音が聞こえた。

パイクホッパーだ。バッタのくせに卵から成体になるまでの間は土の中で育つとかいうセミみたいな生態をしているが、こうして地上に這《は》い出《で》てくると完全にバッタである。

こいつの討伐報酬は安いが貢献値は悪くない。しかし素材が売りにくいのは残念だ。一応解体すれば鶏肉《とりにく》みたいな可食部も得られるんだが、ハルペリアでは虫食文化に否定的というか、サングレールの逆張りをしてるせいであまり一般的ではない。俺もわざわざ解体

【第十五話　先を見据えた金稼ぎ】

してまで食いたいかっていうと微妙なところだ。

それでも、俺にとってこの手の魔物は都合が良い。

「中途半端な攻撃力。逃げない知能。少ない返り血。俺は結構好きだぜ、お前のこと」

茂みから勢いよく、パイクホッパーが向かってきた。

それをひらりと横に動いて回避すると、パイクホッパーはある程度突進を続けた後、のろのろと方向転換を始める。動きとしては戦車っぽい感じがする。

「この横っ腹を向けてくれるのがやりやすくて良い」

突進後の方向転換が最大の隙だ。

パイクホッパーの横から頭を切り落とすように思い切り介錯《かいしゃく》してやれば、それだけで終わる。まあ普通は斬撃が通るほど柔らかくもないいんだが、俺にとってはこれができるから楽だ。

それにいざ突進を受けても俺はほとんどダメージを受けない。こいつ程度の突進じゃ俺の強化された軽装備を抜けないいんだよな。そういう意味でもストレスなく戦える相手だ。

「さー来い、どんどん来い。金欠でちょっと危ねーんだ。まとめて百匹くらい来てくれ」

その日、俺は日暮れ近くまでパイクホッパーを斬り続けたが、討伐数は二十弱が限界だった。何日かに分けて狩るような数ではあるが、元々ソロでもやれる討伐だから俺にとっては大した儲《もう》けにはならん。

後ろ足を加工して短めの武器の柄《つか》にしたりってこともあるらしいが、それも人気ないしなぁ。

「ギルドでなんかいい仕事紹介してもらうかー」

俺はパイクホッパーの尖った額の甲殻《こうかく》をズダ袋いっぱいに詰め込んで、帰ることにした。


しかしこの時期はギルドも忙しい。

受付もエレナやミレーヌさんだけでなく、普段は裏方仕事をやってるフロレンスさんやラーハルトさんまでもが駆り出され、対応に追われている。

特に依頼主との個室対応がひっきりなしなため、建物内を行ったり来たりする職員も多い。ここで行列に並んで〝なんか良い仕事ない？〟とふわっとした事を聞くのはめんどくさい奴《やつ》である。ある程度列が捌けるまで待ってから並ぶことにしよう。

「お疲れ、エレナ。すげー客だな」

「はぁ……大変ですよ、本当に。それでモングレルさん、今日は？」

「忙しいとこで悪いんだが、ブロンズ3でも受けられて金になる仕事があれば欲しくてな。キツい力仕事で何か良いのないもんかね」

「また金欠ですか？」

「近頃面白い品が多くてな」

「無駄遣いが多いんじゃないですか？　まあ、市場も賑《にぎ》わってますから気持ちはわかりますけど。……んー、そうですね……あ、確か良い仕事がありました。路地の奥まった場所

第十五話　先を見据えた金稼ぎ

にある共同倉庫が一つ、商社に売り払われることになったんですよ。その中に入ってる重い道具類の運搬作業がありまして」

おお、わかりやすい力仕事だな。

「共同倉庫なので各持ち主の場所まで届けなくてはならないのですが、狭い場所なものですから運び出しに道具が使えず、作業が難航しているそうなんです。木製の台座に据え付けた鉄床《かなとこ》だとか、本当に重い物が多いとか……本当は三人ほどの働き手を求められていたんですけど」

「俺にピッタリだな。三人も必要ないよ、俺一人でやる」

「そう言うと思いました。……依頼の調整があるので、二日ほどお時間いただけますか？」

「おう、ゆっくりでいいよ。キツい仕事で数人分の働き。良い金になりそうだ」

「……本当はシルバーの仕事を受けた方がお金になるんですけどねえ」

「それはまた今度ってことで」

良い仕事っていうのも、あるところにはあるもんだ。


二日後、案外早く仕事にありつけた。

どうやらさっさと倉庫を片付けて商社に引き渡さなければならないらしく、持ち主もそこそこ焦っていたらしい。

「うちの若い連中は力がなくてなぁ。俺ももうちょっと若けりゃ運べたんだが」

倉庫の入り口近くに置かれた重そうな道具類の数々。こいつを狭い路地を通って運ぶのは確かにしんどいだろう。人数が多ければどうにかなるっていう場所でもない。

倉庫の前に建った新しい家屋が邪魔なんだろうなぁ。これぱかりは仕方ないんだが……。

「俺が一つずつちゃっちゃと運ぶからさ。おやじさんたちは道具の持ち主だけ何か札みたいなの貼ってわかるようにしてくれよ。俺は札の通りに運び込んどいてやる」

「ありがてえ。……あー、できればうちの地下倉庫まで入れてもらえると助かるんだが」

「ああ構わねえよ。ただいちいち降りて登ってってするのも面倒だから、一旦その手前に集めておくのでもいいかい」

「助かるよ。それでよろしく頼む」

そうと決まれば話は早い。さっさと倉庫を綺麗《きれい》にしてやるかー。

「うおっ⁉　力持ちだねえー……さすがギルドマンだ。依頼に出すには高いと思ったが、頼んで良かったよ」

「なぁに軽い軽い。報酬分は働いてやるぜぇー」

共同倉庫の利用者は四人。大荷物を四箇所にそれぞれ運んでいくのだが、倉庫が地下にあったり狭い路地の奥にあったりと、確かにこれは面倒な作業だ。身体強化できなきゃ倉庫整理を考えたくない気持ちはよくわかる。

だが俺の力にかかれば大した問題ではない。移動の手間があるくらいで着々と荷運びを

第十五話　先を見据えた金稼ぎ

済ませ、午前中には倉庫を空にできた。

昼食代もおやじさんの厚意で奢《おご》ってもらい、午後は各店舗にまとめておいた荷物をそれぞれの倉庫に下ろす作業もやったが、それも一時間ほどで片付いた。

重い荷物はあるが個数は少ない。危なげなく運べば、まあそんなもんである。

「いやー、一日で終わって良かった。ほんとありがとうな、モングレルさん」

「これが俺の仕事だからな。気にしないでくれ。また何かあればギルドか俺に頼んでくれよ」

「ギルド通さず、モングレルさんに直接頼んだら安くしてもらえるかい？」

「あーギルドに睨《にら》まれない程度の仕事だったらな。〝友達の手伝い〟って奴だ」

「そうか……まぁ俺たちもギルドと喧嘩《けんか》したいわけじゃないが、そうだなぁ……機会があればモングレルさんに直接頼ませてもらうよ」

ぐへへ、話の分かる人で助かるぜ。ギルドを通すと金がかかるのは小さい店ほど実感があるだろうからな。

そういう場合は俺が直接働きに出るのも悪くない。パーティー単位で動くとアレだが、個人で手伝う分には文句付けられる筋合いもほとんどないしな。

問題は報酬で揉《も》めても仲裁してくれないことだが、レゴール内でやる分には大丈夫だろう。払い渋るならこちらとしても出るとこ出るしな。陰湿な意味で。

「さて……これでまた買い物資金が貯《た》まってきた」

この前のスパイスや昆布的な何かのせいで所持金がカツカツだったが、どうにかここで持ち直してきた。

まだ俺には魔法の教科書やら新しい装備やら、買うものがあるんだ。

もうしばらく金稼ぎに奔走するのも悪くはないだろう。

第十六話　世直しモングレルさん

王都からやってきた熟練パーティー、〝若木の杖《つえ》〟はレゴール支部のギルドで注目を浴びていた。

魔法使いを何人も擁《よう》しているというだけでも話題性には事欠かないのに、それが〝王都〟だとか〝出戻り〟だとかが尾ひれに付くだけでも話は盛り上がる。三年前にはレゴールを拠点《きよてん》としていただけあって顔馴染《かおなじ》みも多く、「よく戻ってきたな」という反応が大多数だったおかげだ。逆に「誰だコイツら」扱いするようなのはモグリ扱いを受けている。

だからこそギルドの酒場では〝若木の杖〟たちが屯《たむろ》するスペースも自然と生まれるし……それによって居場所を追われる連中も、また生まれるのだった。

「いまさら王都の連中がなんだってんだ」

「都合の良い時だけレゴールに戻ってくるのかよ……」

時々、酒場ではそんな話を聞く。まぁ陰口というか、やっかみだな。自分たちがレゴールで地道にやってきたところに、戻ってきた連中が我が物顔でギルドに居座る……それが気に入らないのだろう。

正直なんのこっちゃと思うのだが、ギルドマンはそういうところが結構ある。ホームとしている街がシマというか縄張りというか……実際ヤクザじゃねえんだから勝手なこと言ってるだけなんだけども、気持ちとしてそういった感情を抱く奴《やつ》は少なくない。

特に〝若木の杖〟は構成員のほとんどが魔法使いだ。弓使いはおらず、近接役が数人いるだけ。最初から最後まで完全に魔法で圧倒するという、「理想を突き詰めればそうなるんだろうけどそんなに魔法使いいねーよ」って現実をせせら笑うような厨パだ。

地元の武器屋でテンプレ装備揃《そろ》えてちまちま成り上がってこうぜってやってる最中に廃課金装備の連中が乗り込んできたような状況に近い。

話しかけるのも結構躊躇《ちゅうちょ》するだろうし、向こうも王都生活が長かったせいか垢抜《あかぬ》けた雰囲気もあって……どうにも親睦《しんぼく》を深め辛《づら》いようだ。

嘆きたくなる気持ちはまぁ、わからないでもない。

そんな雰囲気が蔓延《まんえん》しているせいか、〝若木の杖〟はレゴールのギルドで孤立気味だ。

……けどなー。だからといって、それで嫌がらせの標的にするっていうのはどうかと思うぜ。

「なぁ、あんたってさ。あの〝若木の杖〟の魔法使いなんだろ？」
「俺たちと遊んでくれよ」
「どこ住んでんの？」

【第十六話　世直しモングレルさん】

「え……あの……」

ギルドの外で、どこか不穏な会話が聞こえてきた。どうやら三人組の男たちが、一人の女の子相手に絡んでいるらしい。

ギルドの近くもそこそこ治安が良いはずなんだが、建物を出て人通りの少ない通りに入ったところに狙いを付けたのだろう。

男たちが現れたのは絶妙に衛兵のいないような、いわばちょっとした悪いことをするのに丁度良い路地だった。

「可愛《かわい》い子じゃん」

「もしかして前言ってた子か？」

「そうそう」

「え、えっ……」

……俺も最近はギルドに顔を出す時間が少なかったが、男連中はあまり見ない顔だな。というか、あれだ。多分こいつらも他所の街から来た連中だわ。奴らの履いてる靴と手袋の質感に見覚えがある。隣街のベイスンから来た奴らだな？　良いよなその装備、安いし質が良いもんな。

でも寄ってたかって一人の女に絡むのはどうなんだ。

「ゴールドランクの人のパーティならお金持ってんでしょ」

「王都出身だとレゴールの街とか詳しくないでしょ。俺たちが街中のガイドしてあげるよ。

大丈夫、安くしとくから」

「……おいおい、逃げるなって。ははは、何嫌そうな顔してるんだよ」

〝若木の杖〟相手なら多少の狼藉《ろうぜき》は許される。ちょっかいを掛けて文句は言われないだろう。多分、そんな軽い気持ちでやってんだろうな。

……でもな。

俺はそういう、変に理屈こねて弱い者いじめをする連中が見てて一番イライラするんだわ。

「やめなよ」

「ああ？」

俺はバスタードソードを肩に預け、路地裏に躍り出た。

「なんだあいつ」

「うるせーな」

……おかしいな。俺の姿を見たら普通「あっ、やべっ」とかなるもんだけど。こいつら少しも怯《ひる》まないな。

ひょっとして君たち、春からこっち移籍してきた感じの人かい？

「なぁ遊ぼうよ。いいだろ？」

「……やめてください……」

「良いじゃん遊ぼうぜ」

第十六話　世直しモングレルさん

「怯えた顔も可愛いじゃん」

あれ？　俺無視されてる？

そういうの良くないよ？　格好《かっこ》良く登場した相手に完全無視はいかんよ？

「あーそこの〝若木の杖〟の君。ここは俺に任せて、さっさと帰りなさい。こっち通って帰ればいいから」

「おい、何勝手に……あっ、こらっ」

俺がすぐ脇の場所を指さすと、絡まれていた子はこれ幸いとばかりに走って抜け出していった。

……こういう咄嗟《とっさ》の隙を突いてポジション移動できる感じを見ると、ああやっぱ魔法使いでもしっかり動けるんだなって思えるね。

さすがはサリーのパーティーだ。

「おい待てや！」

「待つのはお前らだぞ」

「誰だよてめぇは！」

「俺の名はモングレル。このレゴールで一番強いギルドマンだ」

「知らねえよ白髪交じりのブロンズ野郎が」

「死ねよモングレル」

「女が逃げたじゃねえか。どうしてくれるんだ、あ？」

【第十六話　世直しモングレルさん】

男たちは……ブロンズを馬鹿にしたわりに二人がブロンズ3、一人だけシルバー1か。

だが三人ともロングソードを背負っている。腕に自信はあるんだろう。俺に対して怯《ひる》む様子は全くない。

「女を口説くなら囲まず一対一でやったらどうなんだ？　男が三人……」

「うるせえ」

ぐへっ。ちょっと格好《かっこ》良《い》いこと言おうとしたのに顔殴られた。

「ってぇ……なあ、これ鼻血出てる……？」

「弱いぞこいつ。痛めつけてやれ」

「任せろ」

「俺たちに歯向かえないようにしてやるからな」

「いやちょ、グヘッ」

言葉の応酬をもっと楽しもうとしたところで、襟《えり》を摑《つか》まれて殴られた。

しかも三人で囲んでだ。膝で腹突き上げたり脇腹抉《えぐ》ったり、容赦《ようしゃ》の欠片《かけら》もねえ……。

「こいつ、硬くねえか……？」

「もっとボコボコにしてやるよ、へへ……おい、顔上げろ」

あ、前髪摑まれた。

「髪には触るんじゃねえよ」

「グエッ」

髪を摑んで顔を上げようとしてきた男に、思わず容赦を忘れたボディーブローを決めてしまった。

一発で胃液を吐いてダウンしたが、まぁ仕方ないだろこれは。三十近い男の髪を粗雑《そざつ》に扱うんじゃねえ。

「お、おい……」

「やりやがったな！」

「あまりレゴールのギルドマンを舐《な》めるなよベイスンの新米ども。レゴールのブロンズがどれだけ強いか教えてやろう。しかも無料でな」

向こうはまだ剣を抜く雰囲気ではない。なら良し。このまま穏やかな喧嘩《けんか》で決着をつけようじゃねえか。

でもここからエスカレートすると、向こうが躍起《やっき》になって抜剣してくる可能性もなくはないから容赦なく速攻で決めさせてもらう。

「くたばれおっさん！」

まず素人《しろうと》丸出しのテレフォンパンチを額で受けて相手の拳《こぶし》を痛めつける――つもりだったが普通に頬を殴られて超仰《の》け反《ぞ》ったわ。いてぇなオイ。

「はは、そのまま倒れ……」

「ターン制だオラ」

「ぐぼッ」

第十六話　世直しモングレルさん

殴って決まったと油断した相手の腹にトーキックを刺す。うずくまる男が一人追加だ。

いや、しかしやっぱり格好良く闘うのって難しいな。俺に格闘技のセンスはないらしい。

わかってはいたが……。

「な、お前……！」

あ、剣に手をかけた。いかんいかん。

「抜剣キャンセル！」

「ぶべッ」

刃傷沙汰《にんじょうざた》は駄目だ。それをやったらマジで犯罪だからな。

この蹴りは俺の情けとして受け取ってくれ。

「もう二度とこの街で姑息《こそく》な真似《まね》はしませんって誓え。誓えないなら立ち上がってもう一度俺に立ち向かってこい。何度でも相手してやるぞ」

「……」

「は、はぁ……はぁ……！」

「……ぐ……！」

「休憩時間じゃねえぞこれは」

「ぐえッ」

眼光鋭くこっちの隙を窺《うかが》っていたシルバーランクの奴を蹴っ飛ばす。

……堅い手応《てごた》えだったな。強化してたとこをこっちのパワーで抜いた感じだ。

だがその重い蹴りで俺の力量はわかったらしい。

「わ、悪かった……！　もう卑怯《ひきょう》な真似はしない……あんたにも喧嘩を売らないよ……」

「もう勘弁してくれ……」

「なんでこんな奴がいるんだ……」

「俺が気に入らないならもう一度三人で殴りかかってきて良いぞ。さっき俺が殴られた分はまだ返せてないからな。正直もうちょっとだけお前らをボコボコにしたい気分だしな」

「！　も、もう何もしないって！　行くぞお前ら！」

「ほんと、すんませんした……！」

「ま、待ってくれっ！　置いてくなよっ⁉」

ちょっと凄《すご》んでやると、男たちは慌てて路地から逃げ去っていった。

……やれやれ。なんか俺今すげえ主人公みたいな人助けしちまったな？

……ここで助けてあげた子が戻ってきてお礼を言ってくれるシーンが来る……と思ったら帰ってこない。

どうやら完全に徹底して逃げに入ったようである。堅実な子だ……。でも悪い男がいる路地に戻ってくるのは危ないから正解だぜ。ヒロインがわざわざ危ない場所に立ち入って無駄にピンチになる展開ほど無駄なものはないからな……。助けに来たヒーローに全面的に任せるのが一番だ。

「……鼻血は……出てないか、良かった」

【第十六話　世直しモングレルさん】

俺はバスタードソードの鈍い刃に自分の顔を映し出し、そこにいつもの顔がニヤついているのを確認すると、路地裏から出ていったのだった。

「あっ」

「あれ？　なんだよ結局戻ってきたのかお前」

と思ったら、路地裏を出て表通りに入ったあたりでさっきの子がスタンバイしてるところに出くわした。

賢いヒロインかと思ったらピンチに飛び込む系ヒロインだったか……まぁ情があって良いとは思うけどさ。

「あ、あの……どうも、ありがとうございました。困っていたので……助かりました」

「気にするな。団長のサリーに『モングレルが助けたから貸し一つ』とでも伝えておいてくれ」

「サリーさんに貸し……は、はいっ」

「しばらくは横着せず大通りを歩くようにな」

なんか最後に説教臭くしちゃったが、まぁこれでいいか。

「……本当に、ありがとうございました」

「おー」

〝若木の杖〟はこんなつまらないことで足踏みして良いパーティーじゃない。地盤固めくらいさっさと済ませてもらうのが一番だ。

そうすればレゴールもギルドも、これからの開拓事業や大規模工事に集中できるはず。まずはそこからだ。そこからガンガン街を発展させていって……更に人を増やし、生産能力を高める。そうすりゃ、ケイオス卿《きょう》の商品開発を請け負えるだけの店が更に増えるはずだ。

もっともっと住みやすい街になってくれよ、レゴール。

あとできれば衛兵の巡回も増やしてくれ……。

第十七話　装備は見た目も大事

小粒とはいえ、たくさんの魔物を相手に戦っていれば装備も消耗する。

パイクホッパーの突進を受け続ければ鉄製の盾だって歪《ゆが》んでくるし、剣だって突きをミスって抉《えぐ》るような真似《まね》をすれば折れたり曲がったりもする。

誰だって愛用の装備を簡単に失いたくはない。板金、研ぎ、色々な技術者を頼って修復を試みはするが、時には買い替えないことにはどうしようもない壊れ方だってする。そうなればもう財布の紐《ひも》を緩める他にやりようはない。

それまで愛用していた武器に泣く泣く別れを告げ……それはそれとして、装備を新調するという楽しい買い物が始まるのだ。


「珍装備……大発見！」

「またっスかモングレル先輩」

「この前も似たようなの聞いたよー」

俺はライナやウルリカと共に再び市場を訪れていた。

BASTARD・SWORDS-MAN

お互い別々の場所で任務をこなしているが、一日が終われば酒場やギルドで顔を合わせることも多い。ライナとは前々からだったが、そうなると自然と一緒のテーブルで話したりする程度には、ウルリカとの付き合いも深まっていた。こうして休みの日に一緒に市場行こうぜって話にもなるのである。

「働いて浮いた金も出てきたからな。今日は何かしら買って、飢えきった物欲を満たそうと思う」

「モングレル先輩いつも物欲あるじゃないスか。……まぁ私も、そろそろ今使ってるグローブの指先が擦れてきたんで、予備のグローブとか欲しいスけど」

「私も……ちょっと、裏地があまり擦れない胸当てが欲しいかなーなんて、あはは」

何より、ここ最近は連合国から流れてくる装備品が増えている。それに対抗するように国内の質の良い装備まで揃《そろ》い始め、街に急に武器屋が何件も出来たかのような盛り上がりを見せていた。

良い装備は他の誰かに買われる前に、目ぼしいものがあれば手元にキープしておきたいところだ。

ちなみに地元の装備屋では手に入らないデザインはおしゃれ扱いされるし、女性ギルドマンはこういうのを見て回るのが好きである。前世でいうファッション的なものなのかもしれない。

三人で市場を見て回ると、街の人だけでなくギルドマンらしき屈強な連中の姿もちらほ

第十七話　装備は見た目も大事

ら見える。

盾のベルトだけを売ってる店や鎧《よろい》の下に着込むインナーなんかも人気のようで、店によっては人だかりができていた。

「先輩先輩、モングレル先輩」

「ん？」

「また他のギルドマンと喧嘩《けんか》したって本当スか」

「あ、それ私も聞いたー。ベイスンのパーティーと喧嘩して勝ったんだって？〝若木の杖《つえ》〟の子が話しててびっくりしたよー」

おお、噂《うわさ》にはなってるか。〝アルテミス〟も〝若木の杖〟と交流するようになったのは嬉《うれ》しいね。

「なんだ、俺の武勇伝が広まってんのか」

「モングレル先輩も何発も殴られたって聞いたっス」

「チッ、そういうのも聞かれてるのか。三人相手に無傷で勝ったくらい話を盛ってくれねえかな」

「無傷で三人に勝てるわけないっスよ」

ちなみに俺自身も喧嘩のことについては触れ回っている。それとなーく殴られて痛かったとか、そういう感じにな。さすがに三人相手に無傷勝利なんて噂が間違ってでも流れたら後々怖いし。

それはそれとして、虫よけのためにも俺自身の強さは匂わせてはおきたいんだがな。塩《あん》梅《ばい》が難しい。

「あ、見て見てライナ！　あのグローブ結構良いんじゃない？」

「え、え、どれスか。見えないっス」

「これだよー。ほら、細身で見栄えも悪くないよ。指も動かしやすそうだし、補強もしっかりしてる」

二人は弓系の装備品を熱心に見て回っている。弦を引くのに指先が結構消耗するらしく、意外なほど装備としての寿命は短いのだとか。それはそれとして装備品の見た目にもこだわりたいのか、実用性を重視しつつ見た目も重視しているようだ。

俺も男だし実用性は大事だと思うが、ギルドマンとしては見た目の良さについてはかなり理解がある方だと思う。性能が良くても見た目が悪い武器なんて装備したくはないからな。特にヘルム系。頭の守りは大事だがシルエットがダサい奴《やつ》はなんか嫌だ。昔やってた色々なゲームもだいたい頭装備の表示を消すタイプだったしな……そこらへんの嗜好《しこう》が転生して他人事《ひとごと》じゃなくなっても続くあたり、筋金入りだと思ってはいるが。

「ほら、見てもらおうよ」

「えー、いやー……」

「ねえねえモングレルさん、ライナのこれどう？　可愛《かわい》いよねっ！」

「お？　おー、良いんじゃないか」

第十七話　装備は見た目も大事

ライナは両手に新しいグローブと、腰に小さなポケットがたくさんついた革のベルトをつけていた。

動きやすそうなショートパンツに袖なしのシャツ。冬場は装備もモコモコしていたライナも、春になってからは体型がわかりやすい格好になった。そしてほっそりとした身体にぴったりと纏《まと》った革装備。スマートでなかなかありだと思う。まぁ、後衛だからこそ許される軽装だよな。

「……腰細いなぁライナ。もっと飯食った方が良いぞ」

「いやほらー……モングレル先輩そう言うタイプなんスもん……」

「……なんかごめんねライナ……」

この流れはよくわからないけど、俺が悪いのはなんとなくわかったぜ……。

でも何が悪いのかわかってないのに謝ると地雷を踏みかねないから俺は何も言わないでおくぜ……！

「ちなみにモングレル先輩、ウルリカ先輩の装備はどうスか」

「えー私はいいよー」

「ウルリカ先輩も同じ感じのこと言われてほしいっス」

「ライナちょっと陰湿だよぉ」

俺を使ったイジメの方法が確立されてる感じかい？　これ。

「ウルリカのは胸当てか」

腰を絞《しぼ》った女物のレンジャー服。柔らかな革を使った、多分お高いやつだろう。下はスカートに野外用のブーツ。

服の上から表面の滑らかなハードレザーの胸当てが装着されている。よく見るとハードレザーは表面だけで、そのすぐ下には金属が入っているようだ。見た目だけわざわざ革にしてるんだな。

「……弓使いってだいたい皆そういうの装備してるよな」

「あーうん、弦が当たると痛いっていうのもあるんだけどねー。慣れてくれば滅多に引っ掛けることなんてないんだけど、それでも当てちゃうことはあるからさぁ。そういう時に表面がツルツルした胸当てを着けてれば、弦も傷めにくいし勢いも弱まりにくいから、一応ね。着けてるんだ」

「へー」

「もちろん防具としての意味合いもあるんスけどね」

でかいおっぱいに当たると痛そうだなとは思ってたがそういうことだったのか。

ライナとウルリカは心配する必要ないだろとか思ってたけど、さすがの俺にも見えてる特大地雷はわかるから口には出さないぜ……。

「この胸当ては今までのより少し膨らんでるけど、その分……擦れないし。肌の当たりが優しくて良いかなー……と」

「良いんじゃないか？　こういうものって着け心地《つごこち》が大事だもんな」

第十七話　装備は見た目も大事

「そうそう。硬い装備だと結構外れも多いからねー」

二人はもう自分の買うものを買って、ほくほく顔だ。新しい装備を揃えるとそうなるよな。気持ちはすげーよくわかる。

「モングレル先輩は今日なんか変な装備買わないんスか」

「変な装備っていう言い方はよくないぞ」

「あはは。向こうで色々売ってるね、見てみようよ」

俺は格好《かっこ》良《い》い装備を探しに来たんだ。変な装備に興味はない。

「いらっしゃい、珍しいもの色々置いてるよー」

……しかしこうして並んでいるのを見てると、あまり尖《とが》ったものは少ないな。売り物だから当然ではあるんだが……おや？

「これは……鎖鎌か？」

「おっ！　お客さんなかなかお目が高いねえ。そいつはまぁそのあれだ、試験的に売ってみないかと言われた新しい武器でな」

「知ってるぜ、左手にこっちの鎌を持って、右手でこっちの分銅《ふんどう》を振り回すんだろ？」

「詳しいね！　……これ有名なのかい？」

「いやどうだろうな、俺もそこまでは」

「なんでモングレル先輩そういうの知ってるんスか……」

俺の目の前にあるこの……鎌の柄尻《つかじり》に鎖がついて、その先に鉄製の錘《おもり》がついた変わった武器。

これは前世でも存在した武器だ。しかも発祥の地は日本。時代劇なんかでたまに忍者が使ってたやつである。

「モングレル先輩好きそうっスね」

「えーこれ買うの？　買っちゃうの？」

しかし……俺のセンサーにはピクリとも来ないんだな、これが。

「やれやれ……俺から言わせてもらうとこの鎖鎌は駄目だね。まるでなっちゃいない」

「なっ……お客さん、しかしこれは……いや聞いた話だけどなかなか……」

「大体はわかってるぜ？　この武器は鎌じゃなくて、主にこっちの錘を振り回して武器にするんだろ？」

「……ほう。やるねぇお客さん。しかし、この錘による攻撃はなかなかの威力だそうだよ。それでも駄目だというのかい？」

「それだ。錘を振り回す……それが駄目なんだよ」

確かに錘は強い。鈍器を長いリーチでぶん回して叩《たた》きつける。弱いはずもない。

だがな……。

「なんで鎌の方を振り回しちゃいけねえんだよ……！」

「……まぁそれは多分、あれですよ。そう都合よく鎌の刃先が向かないのと、自分も危ないからっていう……」

第十七話　装備は見た目も大事

「鎖の付いた鎌のくせにこっちの方は〝鎖で絡め取った相手をザックリ〟とかいう地味な使い方だぜぇ？　最悪だよ最悪！　モングレルポイント最低だよその使い方は！」

「なんスかそれ」

「俺も実用性も大事なのはわかるけどねぇー……装備品ならこう、もっと戦闘面でのビジュアルにもこだわってほしいとこなんすよねー……」

「……お客さん、冷やかしはほどほどに頼むよ」

「あ、ごめん」

　俺の前世、日本発祥の武器であっても贔屓《ひいき》はしない。ダサいものはダサいのだ！

「……なんか意外だなー。モングレルさんってこういうゴテゴテしたやつなら何でも良いと思ってたよー」

「ほんとっスね。てっきり〝言い値で買う〟とか叫び出すもんかと思ってたっス」

「あのなぁ……俺はしっかり装備の良し悪しを見て決めてるんだ。ただ複雑に盛り付けたような武器が好きとか、んな安易な考えは一切ないぞ？」

「っスっス」

　ライナお前適当な返事する時毎回そんな風に言うよな？　俺の気のせいじゃないよな？

「えー……じゃあモングレルさん、あれはどう？」

「あれって？」

「ほらあれー。あの壁に立て掛けられてるやつ。騎士団でも採用されてる奴じゃなかったっけ？　鎌のついたハルバード」

ウルリカが指さした先には、斧《おの》、槍《やり》、そして鎌が長柄の先で一体となった美しい武器が光り輝いていた。

あれは……間違いない……。

ハルペリアの馬上騎士が採用しているという幻のハルバード、グレート・ハルペだ！

「そ……それを売ってくれッ！　言い値で買うッ！」

「やっぱりゴテゴテしたのが好きなんじゃないスか！」

「うわぁ……値段すごいよこれぇー……？」

その日、俺の武器コレクションがまた一つ増え、再びの金欠生活が始まったのだった。

第十八話　黒靄市場で小遣い稼ぎ

金がない。

最近稼いだはずなのに、どういうわけか俺の所持金がわりと人様にお見せできない額になっている。

全くどんなマジックだ。ひょっとすると部屋の壁にかけられたグレート・ハルペに関係があるのかもしれないが、さすがに考えすぎだろうな。よし、原因については考えないようにしよう。

だが金がないのは正直困った。最近レゴールに魔法商店が来たらしいし、そのための金も用立てなきゃならん。服の生地も買いたいし個人的な製作物の材料費だって必要だ。

一応、裏金みたいなものはそこそこあるがこれに手を付けるわけにはいかない。とっておきの金に手を付けたら人間おしまいだ。レッドラインの手前、安全圏に引いたセーフラインを意識して動かなきゃ人は簡単に破滅するからな……。

だからまぁ、春だし良い感じの討伐依頼を受けようと思ったのだが。

「あー……クレータートードの討伐は既に全地区埋まってますねぇ」

BASTARD・SWORDS-MAN

「マジかよー。多少遠くてもいいからないかな、ミレーヌさん」

「モングレルさんであればご紹介したかったのですが……張り出してから各パーティーがこぞって受注したものですから、すぐになくなってしまったんですよ」

クレータートードは、春になると水辺近くに現れる蛙《かえる》の魔物だ。〝グレーター〟ではなく〝クレーター〟トードである。

人と同じくらいの体高があり、その巨体で突進や蹴り、踏みつけなどを仕掛けてくる。パワーはある魔物だが、パイクホッパーと同じで正面からの戦いを避ければ比較的楽に討伐できる相手だ。体表にはそれこそクレーターじみた岩のようにゴツゴツしたイボがあって硬そうだが、普通に剣も通るし柔らかい。

脚肉があっさりした味でなかなか美味《うま》く、季節の食材として親しまれている。時々家畜が襲われて丸呑《まるの》みにされたりもするそうだが、大抵は何か悪さをする前に人間に狩られるのでほとんど食材扱いだ。そのせいかギルドマンにも人気がある。

……うーむ。稼ぎになる魔物だし、クレータートードの分泌液《ぶんぴつえき》は良質な油だから少し補充しておきたかったんだが……。出遅れた。ギルドマン増えすぎ。いや良いことだけどさ。

「しょうがねえ、手っ取り早く物売って稼ぐかー」

「良い任務が入ったらお伝えしますね」

「おー、ありがとうミレーヌさん、今日のメイクも綺麗《きれい》だね」

「ふふふ、いつもと同じですよ」

第十八話　黒靄市場で小遣い稼ぎ

よし、退散しよう。

金稼ぎといっても、それはギルドでの活動だけに限らない。
数人でやる仕事をソロでできるとはいっても、元々ブロンズ以下の仕事そのものがしょっぱいものばっかだしな。遊ぶ金もそれなりに集めようとなるとなかなか厳しいものがある。そういう意味でもギルドマンはさっさとシルバーまで上っていった方がいいのだが、シルバーに上がりたくないワガママな俺みたいな奴《やつ》は、独自に金を稼ぐ方法を確立しなければならない。

俺の場合、その手段の一つが委託販売《いたくはんばい》である。

「ようメルクリオ、商売は繁盛《はんじょう》してるかー」

「……んお？　おお。なんだい、モングレルの旦那じゃないか。商売はほどほどだよ。良くもなく、悪くもない」

俺は黒靄《くろもや》市場に足を運び、とある露天商《ろてんしょう》のもとを訪れた。
レゴールでは珍しいくすんだ金髪に無精髭《ぶしょうひげ》。俺より十歳ほど上の渋いおっさんだ。
彼はメルクリオ。レゴールの黒靄市場で商売している、どこに出しても胡散臭《うさんくさ》い商人だ。

「ああ、だがモングレルの旦那が預けてくれた道具はそこそこ良く売れたな」

「お、本当かい」

「発火器は全部売れたよ。元々の値が安かったってのもあるが、便利なのが広まったのだろうよ。似たような男が何日か続けて店まで来てね」

「マジか、そりゃ助かる。ちょうど金が必要だったからな」

「また無駄遣いしてるのかい、旦那」

「俺は無駄なことに金は使わないぞ。全て必要経費だ」

「そうかい」

含み笑いを零《こぼ》しながら、メルクリオが懐《ふところ》から硬貨を取り出す。

「はいよ、千六百六十ジェリーだ。次また発火器を売るならもっと値を吊《つ》り上《あ》げるべきだな」

「おう、ありがとう」

「気にしないでいいさ。手数料は貰《もら》ってる」

差し出されたのは俺が委託した販売の売り上げだ。

発火器。木材と角を削り出して作った原始的なファイアピストンだが、多少は人の興味を引いたらしい。

これは棒と筒によって火種を燃やす、シンプルだけど不思議なアイテムだ。特に軍事転用できる類いのものではないし発展する技術でもないから早々に形にして売ってしまったが、そうか。これでもまだ安いのか……作るのがちょっと面倒だし次は少しだけ値上げしとくかねえ。

「で？　モングレルの旦那が来たってことは、金の受け取りだけじゃないんだろ。また何

第十八話　黒靄市場で小遣い稼ぎ

か変な物発明したんだろ？　見せてくれよ」

　どこか楽しそうな目でメルクリオが俺を見上げている。

　この男は金も好きだが、何より面白い商売そのものを楽しむためにここで露天商をやっているという変わったやつだ。誰も扱っていない商品だったり、価値のなさそうなものだったり、そういった商品を道行く客に売りつけるのが楽しくて仕方ないのだそうだ。つまり変人である。

　まぁこの変人のために今日は新商品を仕入れてきてやったわけなんだが。

「いいぜメルクリオ。今回ご紹介する商品はこちら……はいドン」

「……なんだい旦那、このギザギザした板は」

「俺が開発した洗濯板だ」

「洗濯板ねぇ……なるほど、この凹凸で衣類を洗えるってわけか」

　俺が差し出したのは八枚ほどの板だ。正直でかいし重いしかさばるので量産には向かなかった。

　洗濯板というのは文字通り洗濯するための板で、板の表面に山型の溝がいくつも並んでいる。タライに水を張り、その中で洗濯板を使ってゴシゴシ洗うという、まぁだいぶシンプルな道具である。だがシンプルなわりに発明されたのが元の世界のだいたい千八百年ごろだというのだから歴史ってのはわからんもんだよな。

　この溝を彫るのが専用の鉋《かんな》を用意しないとスムーズにはいかないので、発想としてあったとしてもなかなか一般庶民に流通させられるほどのお値段にならなかったんじゃないかなーと思ってる。

最初の一本の溝を適当にまっすぐ彫ってしまえば、後はそれをレールにして専用の鉋で一段ずつずらしながら削っていける。やり方さえわかってればまぁ簡単だ。この時代の適当な店でも簡単に模造品を作れてしまうだろう。

「俺に委託するってことは一度ちゃんと使ったんだろう、モングレルの旦那。実際のところ、使い心地《ごこち》はどうだいこれは」

「あー悪くねえよ。手足や棒で踏んだりこねたりするよりは三倍は楽だな」

「三倍、良いね。ありえそうな数字だ」

「ちなみに洗う時はこうして、こう……揉《も》むというかこすりつけるような感じで……」

「あーはいはい、なるほどねぇ。そうすんのねぇ」

メルクリオにエア洗濯板で実演する。こういうやってるとこのポーズを知ってもらわないと売り込む時に困るからな。

「んー……宿屋とか、あとは鞣《なめ》し屋なんかには売れるかもな」

「鞣し、あーなるほど……？」

「ただ、そこらの店にもこれと全く同じってことはないだろうが、似たような道具はあるはずだ。こいつが売れるかどうかはわからんぞ？」

「メルクリオならいくらで売る？」

【 第十八話　黒靄市場で小遣い稼ぎ 】

俺が訊《たず》ねてみると、メルクリオは無精髭を撫《な》でた。

「さーてね……作るのは……やろうと思えばできそうだからな。この滑らかさを出すのが面倒ではありそうだが……数売れるもんでもないからなぁ。一枚五百ジェリーでふっかけてみるかい」

「五百かー……ちょっと高くないか？　所詮は板だぜ」

「じゃあ四百五十でいってみるか。なぁに俺が上手《うま》いこと乗せてやれば良いだけさ。……軌道に乗ったら、更に客が来るかもしれん。その時は追加で売りたいんだが」

「その時は余裕があれば追加で持ってくるよ。ただ俺もギルドの仕事があるしなぁ。それに板の用意が難しいんだ」

「売れ行きが良ければ板くらいこっちで用立てるさ。……しかし、今回の発明品はモングレルの旦那にしては随分まともだったな。もっと最初の頃みたいな頭のおかしいやつを持ってきてほしいもんだ」

頭のおかしいやつってのはあれかい？

俺が大金をはたいて鍛冶屋《かじや》と彫金屋《ちょうきんや》に作ってもらった十徳《じっとく》ナイフのことかい？

脳死で注文出したせいでマイナスドライバーとプラスドライバーと缶切りが完全にオーパーツになっちまったあのクソみたいな十徳ナイフのことを言ってるのか？

「いやー笑ったねあれは……八個もあったのに未《いま》だに一個しか売れてねえよ、どうすんだよ旦那」

「そりゃお前……あれだよ……生まれてくる時代が百年早かったんだよ。いつか人はあのナイフの素晴らしさに気付くはずなんだ……」

「モングレルの旦那、あのナイフ持ち歩いてるのかい」

「いや全然」

「時代は来そうにないねぇ」

やっぱないか、メルクリオ。お前の目にもそう映るか。俺もそう思う。なんであの時の俺は何も考えず量産しちまったんだろうな……。

「ああそうだモングレルの旦那。貴族街で発明家のための品評会ってのが毎月開かれてるらしいんだが、旦那は出ないのかい」

「貴族街だぁ？　俺は嫌だよそんなの。お貴族様の道楽か何かだろ」

「まぁ実際のところそうらしいんだがね。多分あれは例のケイオス卿《きょう》をあぶり出そうってやつなんだろう。だがもしお貴族様の目に留まれば、お抱え発明家として成り上がれるかもしれないぜ？」

人気だなぁケイオス卿。貴族にモテすぎて困るわ。

でもうちの事務所顔出しＮＧなんで悪いな……。

「金だけいっぱい貰えりゃ俺はそれでいいよ。貴族だのなんだのとの付き合いは面倒臭そうでやってられないぜ」

「ははは、モングレルの旦那は参加する前からお引き立てされる気でいるのかい」

「そりゃそうよ。品評会なんて俺が出場したら周りの人がみんなかわいそうになっちまう」

「確かにそうだ。くくく、発明王モングレルの旦那が出たら大変だ」

貴族街も色々手を尽くしているようだが、大々的な身バレはちょっとな。

レゴール伯爵その人自身は多分……まぁかなり好感の持てるお人ではあるはずなんだが……。

「じゃ、また今度何か作ったら持ってきてくれよ、モングレルの旦那」

「ああ。そっちも商売頑張れよ。頼んだぜ、ナイフの販売もな」

「ははっ、無茶言わんでくれるかな」

ちょっとした臨時収入と次の収入への布石《ふせき》は打っておいた。

……ファイアピストンと洗濯板か。まぁ作れば俺の金にはなるけど……こうして手にした金を眺めてると結構めんどくせーな。それより誰でもいいからさっさとパクって広めてほしいぜ、この程度のものは。

意外とこういう商品ってブームとして広がらないもんなんだよなぁ……。

第十九話　魔法のお勉強

BASTARD・SWORDS-MAN

レゴールの各所で祭りのための準備が始まり、浮《うわ》ついた気配が漂い始めている。観光客もじわりと増え、俺のいる宿も既に満員状態だ。賑《にぎ》やかになってきたぜ。

とはいえ、街の外にはまだまだ魔物がいるし、どんどん間引いていかなければ収穫期に地獄を見るので、祭りの直前でも討伐任務は多く出されている。忙しい季節だ。

……まあ俺は山菜を集めて灰汁《あく》抜きして食べるくらいのことしかやらない。もちろん討伐もやるんだが、気が向いた時にちょくちょくってところだな。小物は金にならないし……。

それよりは、自己研鑽《じこけんさん》のために時間を使うのが有意義ってもんだろう。丁度今はそこそこ金もあるからな。祭りの前に、ちょっとくらい使っても問題ないだろう。


「あ、あ、どうも。この前はどうも、ありがとうございました。助かりました……」

「別に良いんだよ。気に入らない奴《やつ》を見つけてぶっ飛ばしただけだからな」

俺は今、〝若木の杖《つえ》〟の子と一緒に魔法商店の前にいる。春に王都から独立した魔法商

第十九話　魔法のお勉強

店が来るとはサリーから聞いていたが、ようやく数日前にオープンしたのだ。立地は衛兵の屯所も近く、防犯にはもってこいの通りにある。人通りが多いわけではないが、高額商品を扱う専門店なら文句なしの場所だ。

ここへの案内をしてくれたのはミセリナという少女。前に俺が路地裏でナンパ野郎どもから助けた魔法使いだ。あれ以降はギルドとかで顔を合わせるたびに挨拶をする程度の仲になっている。物静かでいかにも内向的そうな雰囲気のある子だが、サリー曰《いわ》く腕の立つ風魔法使いらしい。以前の借りを返すために、今回は案内役を買って出てくれたのだ。

「ここがギルバート魔法用品店です。魔法使い向けの消耗品や触媒を売っているお店ですが……王都と同じで一応、初心者向けの教材や道具も売っています。……高めですけど、品質は良いですよ」

「おー、助かるぜ。市場でそれっぽいものを買おうとするとパチもん掴《つか》まされるからな」

店の装いも、店内も、レゴールにはあまり見られない清潔さだ。まぁ新装開店だし当然ではあるんだが、武器屋とか雑貨屋とはまた別格の敷居の高さを感じる。デパートの居《い》心地《ごこち》が悪くなる売り場みたいな雰囲気だ。

「いらっしゃい。……ああ、〝若木の杖〟の」

「こんにちは、ギルバートさん。ミセリナです」

「そう、ミセリナだった。まさかレゴールでも縁が続くとはな。……隣の人は？」

カウンターに座る中年の男が俺を見る。グレーの交じった黒髪を後ろに撫《な》で付《つ》けた、デキる雰囲気の人だ。

「こちらはギルドマンのモングレルさん。い、以前お世話になって。あ、サリーさんともお知り合いだったそうで……」

「どうも、モングレルです」

「ほう。ギルドマンか……しかしそれ、剣だろう。魔剣士ってわけでもあるまい？」

「全くの初心者なんですけど、魔法を一から勉強してみようかなーと思いまして。ここに来れば初心者向けの質の良い教材が手に入ると聞いてですね……」

「ああ、ギルドマンの剣士に畏《かしこ》まられるとむず痒《がゆ》くなる。楽に喋《しゃべ》ってくれ」

「……なんか良い感じの教材ってないかな？　ギルバートさん」

「ふむ」

　ギルバートさんは顎を掻《か》いた。

「まずは目標とする魔法使いとしての姿を聞きたいな。最初にはっきり言っておくが、魔法使いは生まれ持っての適性がモノを言う。その上長い研鑽が必要な精神的学問でもある。見たところ二十五か三十歳ってとこだが……その歳で大成することはまずないし、職業として扱えるものにはならないぞ」

「ああ、そこらへんは別に。俺は水魔法で少しでも水を出せるようになれれば良いんで」

　俺の目標はいつでも手や顔を洗えるようになることだ。あるいは飲み水を出せるようになること。それだけでかなり生活が便利になる。

第十九話　魔法のお勉強

「なるほど、まあ便利だからな……しかしその程度の魔法であっても、習得できるかどうかはわからんぞ。さっきも言ったが適性が大きい分野だからな。数年試して徒労に終わることだってある。そんな世界だ」

「うえー」

「教材は売ってやれるが、金持ち向けだし安くはない。身につく保証もないから、ダメだった時は丸損だ。……その時はこっちで教材を買い取ってやってていいが……」

「……教師とかって必要なのかね、こういうの」

「普通は家庭教師から教わるもんだな。しかしこの教材は裕福な平民向けの本だから、一通りの知識は全て平易な文章になっている。意欲さえあれば、一人でも学べるものではあるぞ」

うーん、だったら買ってみるか。水魔法使ってみたいし。外での清潔さがダンチになる。ダメだとしてもやってから諦めよう。

「〝若木の杖〟の紹介なら値段は少しまけてやろう。見習い用の杖と魔石、触媒十セット、教本をつけてそうだな、このくらいの値段になるか」

「高いなぁ……買うわ」

「え、え、あの、モングレルさん、値引きとか……」

「いや紹介してもらっといてお店に迷惑かけるのもちょっとあれだし」

「……ははっ。そう言われると悪い気分はしない。善意で三百ジェリー引いといてやる。

今回だけだぞ。……練習は感覚を摑むことが大切だ。毎日寝る前にでも続けるといい。もし習得できたら、その時はうちの店を利用してくれ。良い杖もあるからな」

「ああ、よろしく。頑張ってここで買い物できるようにするさ」

ギルバートさんと握手をして、俺は魔法用品店を出た。


さて、初めての趣味で道具を買うと、一番楽しいのは開封の瞬間だ。

俺はミセリナと別れるとそのまま宿に戻り、魔法用品店で買った教材をテーブルの上に並べてみた。

「これが見習いの杖か……ハリポタ的な奴なんだな」

杖は指揮棒のような短いやつだ。こんなサイズだが腕の立つ魔法使いでも案外こういうものを使ってる奴はいる。まぁでもこれは結構ショボい物なんだろうな。

あとは小分けされた謎の触媒があるが全くわからん。それはさておき、重要なのは指導書の方だ。

この教材は薄い羊皮紙二十枚程で書かれた魔法の入門書のようなもので、小さな字でびっしりとアドバイスだか豆知識だかが書かれている。前世の指南者や入門書と比べると書式がとっ散らかっていて目が滑るが、まずはこいつを読み解き熟読するところから始めていこうと思う。

しかし、転生してチートを貰《もら》った現代人ならなんといっても魔法だよな。なにせ科学的な知識がある分イメージの明確さにおいては現地人を超えるからな……案外ちょっと瞑想《めいそう》して杖を振るだけで水のない場所でこれほどの大魔法を？　みたいなことになるかもしれん……。

どうしよう、宿を水浸しにしたら大変だよな……強すぎる水魔法が壁をぶち破ったりとか……。俺の鮮やかすぎるイメージで周りに迷惑かけたくはねえからなぁ～……うーん、しょうがねえ！　練習する時は街の外でやるかぁ！　俺の力はあまり他人にバレない方が良いしな～。

第十九話　魔法のお勉強

魔法の修練を初めてから三日後。

「あれ、モングレル先輩。最近見かけなかったスけど、ギルドにいるなんて珍しいスね」

「ああ。三日前からかな、最近まで魔法の練習に熱中しててな」

「魔法っスか⁉　やるとは言ってたスけど本当に始めたんスね」

俺はギルドでエールを飲んでいた。

「ああ。でもやめた」

「……は？」

「俺には魔法の才能がないかもしれん」

「……それ、ただ飽きただけなんじゃないスか」

「そうとも言う」

だって瞑想ばっかで何にもならないんだもの……。

なんだよ心臓の下の硬い球体に渦を巻くイメージって。ないよそんな臓器……。

「……私の教えてる弓はそうやって投げ出さないでほしいっス」

「……それはまぁ、ちょっと頑張るぜ」

「不安だなぁ」

その日、俺は聞《き》き齧《かじ》っただけの魔法習得テクニックをライナにレクチャーして酒を酌《く》み交《か》わした。

ひょっとするとライナの方が魔法使いの才能はあるかもしれない。集中力あるし……。

第二十話　空を泳ぐクラゲたち

レゴールでは春にも大きな祭りがある。精霊祭という、月だか自然の精霊だかを祝うお祭りだ。

毎年春になるとどこからか湧いて出る空飛ぶクラゲ型の魔物が街中にまで入ってくるようになるので、ちょうどその頃がシーズンだ。

空飛ぶクラゲというとなかなかファンタジーな生き物だが、実態はクラゲではなくスライムらしい。名前はジェリースライム。空をふわふわと漂いながら、半透明な身体に突っ込んできた虫なんかを捕まえて消化するという、食虫植物みたいな生態をした魔物だ。消化能力が中途半端で人体にもほぼ害はなく、街中に現れても小鳥とかそこらへんの小動物と同じ扱いを受けている。傘をゆったりと広げて空中を泳ぐさまは神秘的で、月の精霊と同一視されているというのもなんとなく頷《うなず》ける奴《やつ》だ。

しかし街の人は祭りになるとこの月の精霊モドキにゴテゴテと飾り付けをしたり、子供がふざけ半分で捕まえてぶつけ合いっこをしたりとかで、畏敬《いけい》の念が足りていなそうな光景がよく見られる。ジェリースライムかわいそう。ハルペリアの銀貨の図案にもなってるのに扱われ方が雑すぎる。

「こういうのはな、ちゃんと壊さず捕まえなきゃ駄目なんだぜ」

「モングレル先輩、なんスかその袋」

「これはな、俺が開発したジェリースライム捕獲ネットだ」

長い棒の先に穴の空いた袋をつけただけの虫取り網みたいなもんだが、これがまた空飛ぶジェリースライムに対して滅法強い。

ほとんど逃げないジェリースライムたちをバンバン捕まえて大袋の中にぶち込んでいく。

今日のノルマは三十匹だから、もう少しだな。月の精霊の化身様だ。丁重にお捕まえして差し上げよう。

「ライナはアイアンランクの頃にやってなかったか？　ジェリースライムの捕獲任務」

「いやー、私この時期は狩猟がいくらでもあるんで、全然やったことないっス。任務であったんスね。知らなかったっス」

「あるぞー。捕まえたやつをまとめて下水道に解き放って、空気と水質を改善するんだ。時間はかかるが掃除しなくても結構綺麗《きれい》になっていくらしい」

「へー……」

まぁ俺は下水道の任務やらんからビフォーアフターわからんけど。

「あとはまあ、祭りの演出に使う分もあるからな。ほら、色水を注入したカラフルなジェリースライムが一斉に空に放されるやつ、見たことあるだろ？」

第二十話　空を泳ぐクラゲたち

「ああ、あれっスか！　あるっス！　あれ綺麗っスよね……ああいう色したジェリースライムがいるわけじゃないんスか」

「人間が手作業で色入れてるんだぜ。まぁ一日くらいすると色も浄化されて消えちゃうんだけどな」

大した金額にはならない仕事だが、街中でもできるちょっと楽しい作業だ。ゲーム感覚でやれるメルヘンなクラゲ集め。結構癒《い》やされる。

「ライナは祭りは〝アルテミス〟と回るのか？」

「えっ、あー……どうなんスかね。いやまだ全然予定とかは決まってないっスね。モングレル先輩はどうなんスか」

「俺も決まってないな。無料で振る舞われる酒と、クラゲの塩漬け。あれが出てきてからが本番だしな。それまでは適当に見て回るよ」

精霊祭ではレゴール伯爵が酒や料理を景気良く振る舞ってくれる。

酒はいつものうっすいエールではなく、ビールのようなやつだったり、ワインだったりする。結構お金かかってそうな酒なのに気前の良いことだ。

それと海沿いの地方で獲れたクラゲを塩漬けした美味《おい》しいつまみまでサービスしてくれる。ソルトビネガー風味のコリコリとした食感がなかなか美味い。ちなみにこっちの食べられるクラゲは普通のクラゲな。ジェリースライムは食べられない。

「じゃあ私も祭り、一緒に回っていースか？　先輩」

「おう、良いぞ。でもそっちは忙しい時期だろ。〝アルテミス〟の任務が入ったら遊ぶわけにもいかないんじゃないか」

「任務なら大丈夫っス。うちらは祭りに出すお肉を獲って寄付するだけスからね。その後はお休みっス」

なるほど寄付か。毎度毎度〝アルテミス〟は気を利かせているな。

貴族相手の任務をこなしたり、祭りにも積極的に寄付したり……シーナはどこまで出世しようとしてるんだか。拠点《きょてん》を王都に移すのか？　にしてはあまり王都を意識してるようにも思えないんだよな。なんとなく。

「そういえばモングレル先輩、まだ〝アルテミス〟のお風呂は使わないんスか」

「あー、二回目の約束が残ってるやつな。あれは夏場に行かせてもらおうと思ってたんだが。ひょっとしてさっさと入れと思われてる？」

「いやそんなことはないんスけど。夏っスか……遠くないスか」

「夏場に入る風呂は気持ち良いぞー。本当なら毎日でも入りたいところだぜ」

「……だったら〝アルテミス〟に入ればいいのに」

「それは嫌だ」

「なんなんスかもう……」

「面白そうな任務の手伝いならしてやるけどな」

春は色々な魔物が現れるおかげで退屈しない。生活を脅かす連中も多いし凶暴な獣も増

第二十話　空を泳ぐクラゲたち

える季節だが、ファンタジー世界で生きてるって実感が強くて飽きないんだよな。この歳《とし》でも。

ただ俺は魔物を見つけるのが下手くそだから、そういう時斥候《せっこう》役をやってくれる奴が一緒にいると心強い。スマートに討伐をこなせば日帰り報告も安定しそうだ。

「……じゃあ今度、弓で鳥系の魔物とか狩りに行くのどうスか」

「弓かー、練習には丁度良いかもな」

「私教えるんで、今度やりましょうよ。モングレル先輩は弓の練習兼近接の護衛ってことで」

「良いな。久々に鳥捕まえてみっか」

「ちょっとした狩りスから、〝アルテミス〟と一緒じゃなくても良いスよ」

「おお、それは助かる。人が多いと集中できないしな」

そんな感じで次の狩りの予定なんかを立てて、ライナと別れた。

鶏肉《とりにく》か……鶏ガラスープでも作ってみようかね。コンソメ作るほど時間かけたくはないが、多少のスープを楽しむくらいはできるだろう。そうなると麺が欲しくなるな……中華麺でも作るか？　鶏ガラ塩ラーメンに昆布出汁《だし》利かせて……ああクソ、醤油《しょうゆ》が欲しい。

ポーションの失敗作を作ると醤油になったりしねーかな。

「ジェリースライム三十体、うむ確かに。綺麗に捕獲できてるな。こいつらは飾りつけするのに良さそうだ」

「本当かい？　それは嬉《うれ》しいね。モングレルの名前入りで街を飛ばしてくれよ」

「ガキどもの良い標的にされそうだな。ガッハッハ」

解体場でジェリースライムも引き渡し、札を貰《もら》う。後ろから続々と討伐完了組が戻って来ているから、さっさと手続きを済ませないとギルドで渋滞《じゅうたい》になりそうだ。

「おおそうだモングレル、ジェリースライム十体ごとにこれを一本やらなきゃいけないんだ。ほれ、三本分貰ってくれ」

「お？　あー飾り花か」

解体のおっさんから受け取ったのは、三本の花だ。森のちょっと辺鄙《へんぴ》なとこに行くとこの時期生えている、茎の長い薄黄色の花である。ギフト用とか花束作る時に向いているので、街中でもよく売られている。

この祭りの準備期間中は精霊祭に関係する任務をこなすことで花を貰えるわけだ。別にこれがあったからってどうなるわけではない。めでたい行事だから部屋でもなんでも彩ってくれってことだろう。

前世は墓参りくらいでしか花を買う機会なんてなかったが……こういう文化は嫌いじゃない。

「ありがとな。目立つとこに飾らせてもらうぜ」

「もっとジェリースライムを捕まえて、良い女に花束でも作ってやったらどうだ」

第二十話　空を泳ぐクラゲたち

「街からジェリースライムが消えちまうよ」

「ガッハッハ」

しかし花を三本だけ貰っても、細身の花瓶に立てて終わりな数なんだよな。

そもそもよく考えたら俺の部屋には花瓶がない。そういやいつも宿屋の受付にある花瓶に差しまくってたな。去年は花瓶が開店記念の花みたいになってたのを思い出したわ。最終的に花瓶のくびれたとこが割れて女将《おかみ》さんに怒られたっけ……。

「そっち逃げたぞー！」

「捕まえろー！」

通りを歩いていると、子供たちのはしゃぎ声が聞こえてくる。

どうやら呑気《のんき》に通りの低いところを漂《ただよ》っていたジェリースライムを追いかけ回しているらしい。

「丁度良いところに。ようよう、そこのお嬢ちゃん」

「えー？　なにおじさん」

「この花お嬢ちゃんにくれてやる」

「え！　いいの⁉」

俺は三本の花を手ごろなサイズに切り詰めて、女の子の黒髪にぷすりと挿してやった。

「ほーら綺麗になった。似合ってる似合ってる」

「本当⁉　へへーありがとう！」

「おいルミア、こっちから追い詰めるぞ！」

「あ、行かなきゃ！　ばいばい！」

「おー、気をつけろよー」

元気な子供たちがばたばたとジェリースライムを追い回す。狙い通り、俺が頭に挿してやった黄色い花はここらで一番目立っていた。

祭りは近い。クラゲ料理が楽しみだぜ。

第二十一話　精霊祭の食い気デート

「ライナ！　ほらこっちの服の方が良いって！」

「えーでも……」

「でもじゃないよー絶対にこっちの方が可愛《かわい》いもん！　ジョナさんもそう思うよね⁉」

「私はウルリカみたいに最近の流行はわからないけど、ライナはそういう格好も似合うと思うよ？　若々しくて可愛いわねぇ」

「ええ……でも私こういうの、なんか変じゃないっスか……？」

「絶対変じゃない！　もぉー、せっかくのお祭りなんだからおしゃれしないと駄目でしょ⁉　ほーらっ、自信持って行ってこいっ！」

「ウルリカ先輩、ひどいっス……行ってきまぁス」

「頑張れー！」


今年の精霊祭はやべーなと、朝の通りを見ただけで確信できた。

年々盛り上がりは高まっているが、今年のそれは一味違う。明らかに地元の人間だけでなく、観光でやってきた連中が多いのだ。

「これタダ酒、俺の分も回ってくるのか……？」

人でごった返す中、いつも以上にスリを警戒しながら歩いていく。

普段店をやってないような家も今日は外で適当な物を売っている。布の端を内側に入れ込み続けて作ったショボいクラゲのぬいぐるみなんかもありがちなお土産品《みやげひん》だが、ショボいはずなのに何故《なぜ》か売れる。俺は絶対にいらん。

「も、モングレル先輩、こっちっス……」

「おーライナ……」

待ち合わせ場所の森の恵み亭前に着くと、見慣れない子が俺に手を振っていた。

よく見たらライナだった。

いつも短めのズボンばかり穿いてるのに、今日は薄黄色の涼しげなワンピースを着ている。ライナとスカートが頭の中で結びつかなくてバグりかけた。

「あの……なんスか。何か変スか」

「いや、珍しい格好してるなと思ってよ。いつも仕事用の服ばっか見てたから、なんか新鮮でな」

「珍しいって」

「なかなか可愛いじゃないか。そういう可憐《かれん》な服も似合ってるぞ」

「……まぁ、はい」

ライナは褒めてほしそうだったし、実際可愛らしいのは本音だったので褒めてやったんだが、反応がすげー渋いな。年相応にもっと喜べよ。

まぁいいや。今日はせっかくの祭りなんだし、目一杯楽しまないとな。

「よし、じゃあ端から順番に見て回るかー」

「うっス」

「てか今日何食う?」

「なんでも大丈夫っスよ。あ、できれば甘いやつ食べたいっス」

「甘いやつかー、美味《うま》いもんあるといいなー」

色々と頑張って金は工面したからな。一日豪遊《ごうゆう》するだけの余裕はある。

まぁ今日豪遊したらまた金稼ぎしなきゃいけないんだが。祭りなんだから後先考えなくても大丈夫だろ。その場の勢いで決めてやろう。

飾り付けられたジェリースライムがしゃらしゃらと重そうに宙を漂い、街ゆく人はそんな月の精霊モドキを見上げながら歩いている。

だからなのか自然と人の流れは遅く、いつもは早足で通り抜けられるような場所でもダラダラとなかなか進まずにいた。

まぁ、そうしてノロノロ歩いていると近くの露天商《ろてんしょう》や屋台に目が行って、俺たちも結局呑気《のんき》な足取りになってしまうんだが。

第二十一話　精霊祭の食い気デート

「見ろよライナこれ、苦味スパイス入りのローリエのお茶だってよ」

「えーそれ美味しいんスか」

「一杯貰《もら》ってきた。すげー苦いぞ、飲んでみ」

「え、だったら嫌なんスけど……でもまあ一口だけ……にっが⁉」

「こんな苦かったっけなローリエ」

「絶対その変なスパイスのせいっスよ……いくらしたんスかぁこれ」

「五十ジェリー」

「うーん」

美味い物もあれば不味《まず》い物もある。

適当に作ったぬいぐるみ、クラゲを模《も》した革飾り、木彫りの小さな像など、色々どうでもいいお土産グッズもたくさんだ。

俺もこういうお土産で金稼ぎすればよかったなーという思いもあるが、実用品じゃないと作るモチベが上がらなそうだ。こういうのは提供する側よりも参加して見て回る側にいた方が楽しいだろうしな。

「先輩、この辺に美味しい飴屋《あめや》の屋台来てるらしいっスよ」

「お、そうなのか」

「行かないスか」

「行きてえな」

「行きましょうよ」

でもやっぱ、俺は食い物を買《か》い漁《あさ》るのが一番楽しいな。前世でも祭りといえば食って回るばっかだった。

「ドライフルーツを中心に入れた飴か……まぁリンゴぶちこむよりは遙《はる》かに常識的だよな」

「んー！　美味しいっス！」

ネチャネチャしたデーツを中心に、これまたネチャネチャした水飴《みずあめ》のような柔らかい飴が絡まっている。

舐《な》めてみると……まったりした食感と共に、思っていたよりは控えめな甘さが味わえる。案外悪くない。マンゴー味とかで食いたいかもしれん。しかし一応ざっと探してはみたのだが、マンゴー味はないらしい。あるのはデーツ、レーズン、あとは何種類かのベリー味のみだった。

小さな飴だったのでライナと一緒に気前よく全種類制覇したが、一番美味いのは酸っぱいベリーのやつだった。

「先輩先輩、向こうでなんか音楽鳴ってるっス」

「大道芸か吟遊詩人《ぎんゆうしじん》か……見てみるか。十点中何点くらいか評価してやろうぜ」

「性格悪いっスねー……一番下は零点《れいてん》でいいんスよね」

「やる気だねぇ」

【第二十一話　精霊祭の食い気デート】

酒場でも時折吟遊詩人が訪れて歌うことがあるが、祭りの日こそが彼らにとって一番の稼ぎ時だろう。

レゴールやその偉人を誉《ほ》めそやす詩、流行《はや》り歌《うた》、そういうのをリュートとか小さなバイオリンみたいなものの演奏と一緒にノリノリで歌い上げ、おひねりを要求する。

こういう演奏を聴いていると、前世でよく見かけた路上の弾き語りは随分クオリティが高かったんだなと思わされる程度には適当な演奏をしてる連中が多いんだが、さすがは祭りの日と言うべきか、滅茶苦茶酷《めちゃくちゃひど》いような奴《やつ》はそんなにいない。

「その時！　〝収穫の剣〟は突き立てられ、大カマキリは悲鳴を上げた！　巨体は土を巻き上げ地に臥《ふ》して、男たちの勝鬨《かちどき》が森に響き渡る……レゴールの勇士たちは大鎌を掲げ、晴れ晴れと街へ凱旋《がいせん》してゆくのだった……」

既に酒を飲みながら上機嫌になってる客たちが、皮袋の中に硬貨を放り込む。

俺とライナは顔を見合わせて「うーん三点」とか「二点スね」とか言いながら、一応一ジェリーずつ放り投げてやった。基本無料の見せ物なんてこんなもんである。

「俺も昔楽器をやってたな」

「え、マジっスか。モングレル先輩そんなことできるんスか」

「リュートみたいなやつをちょっとな。昔すぎて今はちょっと腕も錆《さ》びついてるが……」

俺も学生の頃は軽音楽部だったからな。読んでばっかで描くことをしない漫画研究部に遊びに行って漫画を読んでたら、そこに置いてあった『けいおん！』を読んでギターを始めたクチだ。

けど俺がネットで注文したギターが何故かアコースティックギターでな……クレーム入れようにも向こうが外国語交じりの怪しい日本語でしか返してこないからどうにもならんかった……。やむなく俺はアコースティックギターをひっさげて軽音楽部に入部し、そこで燻《くすぶ》っていた連中と一緒に何故かフォークバンドを組むことになったんだ。

文化祭のライブは凄《すご》かったぜ……お歳《とし》を召した先生がたはなんかすげー盛り上がってたけど、肝心の生徒たちの反応がお通夜《つや》だったからな……。楽しかったけどね。

ま、結局そのギター趣味も飽きて高校で終わったんだが。

「一応何年か前にふざけ半分でさ、ギルドで弾き語りしたことあるんだよ」

「えーっ！　知らないっス！　なんスかそれ！」

「知らねぇかライナぁー……俺がおひねりぶつけられまくったあの生演奏知らねぇかぁー……」

「いやおひねりぶつけられるって一体なに演奏してたんスか」

「赤のラグナルっていう……創作英雄譚《えいゆうたん》みたいな？　今度聞かせてやるよ、まだなんとか覚えてるからなーあれ」

「……なんかすごい聞きたい気持ちと聞きたくない気持ち半々ってとこスね……」

当時ギルドにいた連中も「えっ？　えっ？」みたいな反応だったからな。俺はその反応がなんか面白くて爆笑してたが。

第二十一話　精霊祭の食い気デート

　そんな感じで二人で歩いていると、上機嫌なバルガーと遭遇《そうぐう》した。

「ようモングレル。おっ!?　もしかしてそっちはライナちゃんか！　おーおーめかしこんでまぁ。雰囲気変わるなぁ」

「おうバルガー、もう今から飲んでるのかよ」

「バルガー先輩、おっスおっス」

「そりゃ飲むさ。祭りだもんよ。お前たちは若者らしくて良いなぁ」

　串焼き肉と酒を持ち、既にお祭り気分に浸っているようだ。顔が赤い。

「ところで聞いたかモングレル。今年はギルドの酒場でもタダ酒配ってるんだってよ。しかもギルドマン限定！」

「なんだって？　本当かよ、そりゃいいな」

「マジっスか！　やったぁ」

「今年は混んでるからなー、配布場所を散らさないとやってられねえんだろう。一通り外で楽しんだら、お前たちもギルド来いよ！　今日は飲むぞぉー」

「既にかなり飲んでそうだけどなぁ」

　バルガーはお得情報をくれた後、ふらふらと通りへと消えていった。

　喧嘩《けんか》に巻き込まれないようにしてくれよな……あいつなら大丈夫だろうけども……。

「広場の舞いとか見終わったら、ギルド行きましょっか。モングレル先輩」

「おー、そうするか。ギルドで美味い酒をタダで飲めるのってなんか良いよな」

「っスね」

ついでに屋台で美味そうなつまみでも買《か》い揃《そろ》えるか。

割高でも良いんだ。今日は祭りだからな！

第二十二話　琥珀色の感謝

BASTARD・SWORDS-MAN

「おっ、モングレルも来たぞー」

「なんだぁあいつ！　女の子連れて……ああ、ライナか！」

「ライナちゃん可愛《かわい》いわね！　似合ってるわよ！」

「う、うっス」

ギルドに入ると、既に酒場は多くの人でごった返していた。他所を拠点《きょてん》にしているギルドマンも入れはするのだろうが、地元民の勢いに呑《の》まれるのを嫌ったのだろう。今日は見慣れた顔ばっかりだ。

それにしても、いつもとは空気が違うな。普段は鎧《よろい》を着込んでいるような男連中はラフな装いでいるし、女は女で祭りだからかめいっぱいおしゃれしている。そんな非日常感に包まれているせいか、今日ばかりは多くの奴《やつ》らがパーティーの垣根を越えてテーブルにつき、酒を酌《く》み交《か》わしているようだった。

「あれっ!?　ライナにモングレルさん、今日は二人で見て回ってたんじゃないのー？」

「あ、ウルリカ先輩。いやその、途中までは回ってたんスけどね、ギルドでお酒飲めるって聞いたんで、一緒に行こうってなったんスよ」

「えぇー……せっかくだし遅くまで二人でいればよかったのにー……まぁいいや、二人ともこっち座りなよっ。空いてるからさぁ」

一角にはウルリカの姿もある。今日はこいつも着飾っているのか、大きく肩が出ている。肩幅とかが一応男に見えなくもない……？　いやわからん。この世界は女でもゴツい奴多いからなぁ。

「おう、悪いなウルリカ。お前も今日はめかし込んでるのか。服似合ってるじゃん」

「いや、いやいやいや、私はいいんだってばぁ」

席に着くと、いつもと違う給仕の子からビールとクラゲ料理のセットが運ばれてきた。注文しなくても今日は無料だからということらしい。ありがてえ。

「いい？　ライナ。今日はとことん飲んで、飲ませるんだよ」

「えー、いやー、けどこういうのはその、自分のペースで飲んだ方が良いと思うっス」

「んもぉー……良い子だなぁーこいつぅー」

「ちょ、ちょっと撫《な》でるのやめてもらっていっスか」

よく見たらギルドの中にもふわふわとジェリースライムが浮いているのが見える。黄色に染色された色付きクラゲだ。高い天井のところを所在なげにふわふわと漂《ただよ》っている。その辺りに虫でもいるのかもしれない。

「なあ、ウルリカは舞いとか見たのか？」

【第二十二話　琥珀色の感謝】

「ううん、見てない。ちょっと外を見て回って、それくらいかなぁー。その後はシーナ団長たちと一緒にずっとここにいたよ。ほらあれ」

ウルリカが指さす先にはシーナとナスターシャ、そして〝若木の杖《つえ》〟団長のサリーに〝収穫の剣〟副団長のアレクトラまでいる。

ゴールドランクの連中が酒場の隅に集まって何をしているのかと思えば、テーブルを囲んでひたすらボソボソと詩を詠《うた》い合《あ》っているようだ。一人が詠うたびにテーブルの上に並べた銅貨を与えたり取ったりしている。

……あれは多分この世界におけるなんかこう、品位の高いゲームなんだろう。つまらなそうだからやりたくないし興味も出てこないが。

「私とモングレル先輩は舞いをちょっと見てきたっス。色付きのジェリースライムが放たれるとこ、すごい良かったっスよ」

「へー良いなぁ。でもあそこ混んでたでしょー？」

「ヤバかったっス。モングレル先輩がグイグイ押《お》し退《の》けてなかったら通れなかったっス」

「わぁー力あるなぁ」

そういう時フィジカルお化けだと助かるよな。日本人は列の割り込みじゃなければ連続チョップでどこまでも突き進んで行けるんだぜ。

「おっ、やっぱクラゲうめーな」

「あ、でしょでしょー。まだまだたくさんあるらしいから好きなだけ食べなよ。ビールもねっ」

「祭り最高だわ」

このクラゲの酢の物みたいなつまみはなかなか良い。やっぱ塩味だけよりも良いな。前世でもクラゲは良いおつまみだったが、この世界だとさらに美味《うま》い気がする。

ビールは……まぁ普通。正直ぬるいビールってこう……ちょっと悲しくなるよね。けど体温より低い液体だし、まぁある意味冷たいと言えるだろ……そう自分を誤魔化《ごまか》しながら飲む感じだ。慣れればこれも美味いけどね。

「モングレル先輩、さっき買ったお菓子も食べないスか」

「良いねぇ。あ、スパイス持ってきたからちょっとかけてみるか」

「すいませーん、ビールみっつー」

ギルドの酒場の壁際には普段はあまりいない吟遊詩人《ぎんゆうしじん》が演奏を披露しており、近くにいる〝レゴール警備部隊〟の人たちが和やかに聴いている。普段ギルドであまり見かけない彼らがいるのも、この祭りの日ならではだよな。

いつもは装備品や荷物のおかげで席数のわりに手狭に感じる場所だが、今日はそういうものがないせいか広く感じる。その分人が押しかけて騒がしいんだが、賑《にぎ》やかな分には決して悪いものではない。

「失礼する」

居心地《いごこち》の良い空気に浸りながら宙に浮かぶ黄色クラゲを眺めていたら、入り口から鎧姿

第二十二話　琥珀色の感謝

の男が入ってきた。衛兵より数段上の騎士。その従士にあたる男だろう。

いるだけで雰囲気が引き締まるタイプの人種だ。自然と酒場の空気は張り詰めた。

「私はレゴール伯爵よりこのギルドへ遣わされた伝令である。その場にいる者たちに向けたメッセージを伝えるので、静かに聞くように」

吟遊詩人の演奏が止まり、従士の男が軽く咳払《せきばら》いする。彼は大きな質の良い羊皮紙を広げ、胸を反らした。

「レゴールの市民よ、このよき日を共に祝えることを私は嬉《うれ》しく思う。今年も月神《つきがみ》への祈りは届き、実りの豊かさを約束してくださった。今日は共に酒を酌み交わし、美食に舌《した》鼓《つづみ》を打とうではないか。ビールといくつかの食事は私からの贈り物である。存分に楽しんでもらいたい」

誰かが拍手した。出来上がってる連中だな。

「また、ここからの伝令はレゴールのいずこかにいるであろう、発明家たるケイオス卿《きょう》に向けた感謝状である。卿の所在がわからぬため各場所で同時に読み上げるものであるので、ご容赦《ようしゃ》いただきたい」

……えっ。

いやまあいつもこんな伝令見てなかったからなんだとは思ってたけど、そうか。ケイオス卿宛のメッセージだったのか。

「ケイオス卿。あなたより齎《もたら》された叡智《えいち》により、本年の収穫はより素晴らしい結果として実ったことを報告させていただきたい。まずはあなたの〝塩水選〟と〝種子消毒〟に対し、多大な感謝を」

ああ……ダメ元で伝えておいたが、実施したんだな。

そうか、レゴール伯爵はやってくれたか。スゲーな。特に種子消毒なんて大々的にやるのは簡単ではなかったろうに。

……まあ、褒められて悪い気はしない。

「……伯爵様から褒められるなんて、やっぱすごいっスね」

「ねー……本当にレゴールにいるのかなぁ」

いやー、もしかしたら意外と近くにいるかもしれないぞ？

「そしてケイオス卿にもう一つ」

なんだまだあるのか。

「以前より開発を進めてきた〝蒸留酒《じょうりゅうしゅ》〟の完成をお伝えさせていただきたい」

「ゲホッ、ゴホゴホッ」

「だ、大丈夫スかモングレル先輩！」

ま、マジかよ！　できたのか、蒸留酒！

「ケイオス卿より齎された知識によって作られたこの新たな酒、ウイスキーを今日この日、レゴールの民に振る舞おうと思う。未《いま》だ量産の難しい物ではあるので今回の量はわずかばかりであるが、段階的に生産量を増やす予定であることをお伝えさせていただきたい」

第二十二話　琥珀色の感謝

そう言って男は、ガラス製の大瓶を荷物から取り出してみせた。

その琥珀色《こはくいろ》の液体は……まさに、俺が前世でよく味わっていたウイスキーそのものであるように見える。

新しい酒という言葉に、酒場のギルドマンたちが感嘆の声を上げる。誰もが興味深そうに瓶を見ているが……それは俺の物だ……全部俺に飲ませてくれないか……？　ダメか……。

「……以上。酒の配分はこのギルドの自由とするが、レゴール伯爵は全ての者に均等に与える形を望んでいる。くれぐれも伯爵を失望させることのないように。また、強い酒であるため飲酒量には気をつけること、飲んだ後には水分を補給すること。そう伝えられている。良いな？」

「は、はいっ！」

最後に大きな酒瓶を受付嬢に預けると、従士は羊皮紙を掲示板に鋲《びょう》で貼り付けて去っていった。

しばらくの沈黙の後、吟遊詩人が明るい曲を再開させ、活気が戻る。ある者は感謝状の前に来てそれを読み、それ以外の者は大体が新たな酒に興味津々だった。

「私たちも飲んでみないっスか」

「うん！　楽しそう！　強いお酒かぁー……モングレルさんも飲むよねっ？」

「当然だ！　俺は強い酒が大好きだからな！」

「わぁすごい勢い」

受付に殺到する飲兵衛《のんべえ》たちに交じり、俺たち三人も並ぶ。

しばらくして列の前の方から落胆の声が聞こえるから何かと思ったが、どうやらコップに入れられた酒の量に不満があるらしい。俺の番が来て注がれてみれば、しかし指二本分はある。ストレートでこの量なら十分すぎると思うけどな。

……ああ、この鼻を突く匂い。樽《たる》はなんだろな。わからんけどこれは間違いなくウイスキーだ。

「少ないっスね……」

「ねー……樽で持ってきてくれればよかったのに」

「まぁまぁ、二人ともひとまず飲んでみようぜ。最初だしちびっと、舐《な》める程度にな」

「まぁはい、飲むっスけど……」

一口サイズの酒に落胆する二人をよそに、ウイスキーに口をつける。

唇に染みるような酒精《しゅせい》。どこかチョコにも似た甘い木の香り。

喉《のど》の粘膜に悪そうな熱い感覚……ああ、懐かしいな。まさにこれはウイスキーだ。

「うめえ……」

「からぁ!?　すっごい辛《から》いっス!?」

「うえぇーなにこれつっよい！　薬みたいじゃん！」

「あ、でもなんかこれ……美味いっスね……！」

【第二十二話　琥珀色の感謝】

「わかるかライナ……良いよなこれ……」

「えーそうー……？　二人ともお酒強すぎないー……？」

「ウルリカ先輩……いらないなら私たちが飲むっスよ……！」

「ちょ、目が据《す》わってるよライナ！　怖いってば！」

呆《あき》れるウルリカをよそに、俺とライナはクラゲをつまみながらウイスキーをちびちびと飲んだ。

これは良い。ありがとうレゴール伯爵。ありがとうケイオス卿。いやケイオス卿は俺か。

「ケイオス卿にーッ！」

「乾杯！」

「これは良いものだー！」

「ウイスキー最高！」

人によっては飲めたものじゃない酒だが、飲める人にとっては非常に魅力的な酒だ。早速この強い酒にハマった連中は、小さなコップを掲げて発明家を讃《たた》えている。量が量だから潰れるまでは酔えないだろうが、楽しむ分には十分だろう。

「……乾杯」

俺はケイオス卿を讃えるテーブルに向かって小さく杯を掲げ、彼らの感謝に応えるのだった。

第二十三話　第二回熟成ウイスキー猥談バトル

BASTARD・SWORDS-MAN

ウイスキーは一人一杯まで。これを嘆《なげ》いたのは酒好きな飲兵衛《のんべえ》連中だ。ビールでは味わえないカッとするアルコールが恋しい気持ちはわからんでもない。

だが、朗報は外より運ばれてきた。新たに酒場にやってきたギルドマンの一人が「広場の方でも配布してたぞ」と言ったのである。

「その手があった！」

「行くしかねえぞこれは」

「並んででも奪い取る！」

これによってギルド内の何割かがゾロゾロと祭りに戻っていった。

なるほど、伝令の人も酒の配布は「各場所で」とか言ってたから、ギルドの他にも色々な場所で酒を配っているのだろう。つまり酒好き連中はお一人様一つのみの受給を各場所で実践しようというわけだ。外はすっげー混んでそうなのによくやるぜ。気持ちはわからんでもないが。

「おや、モングレルさん。どうも、お久しぶりです」

第二十三話　第二回熟成ウイスキー猥談バトル

「あぁカスパルさん！　お久しぶりです。ギルドで会うのも珍しいですねー」

人の出入りが激しい中で〝レゴール警備部隊〟のヒーラー、カスパルさんの姿もあった。お祭りということもあって普段はあまり顔を見せないおじさん連中も一緒にいる。それと、見慣れない若者の姿もあった。

「うちのユークス君とたまにはこちらで飲もうかと思いまして……」

「あ、どうも。ユークスです」

「おー、カスパルさんの部下だっけ、名前は聞いてるよ。俺はモングレルな。まぁあまり顔を合わせることもないだろうが、よろしくな。こっちは〝アルテミス〟の弓使いのライナとウルリカ」

「うぃーっス。どーも、ライナっス」

「ウルリカでーす。よろしくねー」

「は、はい！　よろしくお願いします！」

若いなぁ。しかしこんだけ若い奴《やつ》がヒーラーとして働いているっていうのは心強い。この世界、ヒーラーは何人いても困らないからな。適性がある者が普通の魔法使い以上に少ないってのが悔やまれる。人数さえいれば医薬品の発明なんて必要ないんじゃねーかってほど便利な能力ではあるんだが。

「今年は飲みすぎて具合を悪くする人が多いらしいですからねぇ……モングレルさんたちも、あまり飲みすぎないようにしてくださいね」

「ええもちろんです。節度は守りますよ。……あれ、ひょっとしてカスパルさんたちは今日仕事ある感じで？」

よく見たら彼らは〝レゴール警備部隊〟の上着を着込んでいる。いかにも「仕事中です」って感じの装いだ。

「今は休憩をいただいているようなものです。夜にはまた持ち場で、急患《きゅうかん》に備えなければ……こういう時こそ、我々は忙しくなりますからねぇ……」

「……お疲れ様です」

俺たち三人が頭を下げると、カスパルさんは悟ったような薄い笑みを浮かべ、ビールを一口飲んだ。

……仕事はあるけどそれはそれとして、少しは酒を飲むというのがなんともこの異世界らしい。前世じゃありえねーよな。

「うおー飲んだ飲んだ！　レゴール伯爵万歳！　ケイオス卿《きょう》万歳！」

「現伯爵様が後を継いだ時はどうなるかと思ったが……最高の領主様だな！」

「販売いつになるんだろうなぁ、あの酒……」

「でも多分貴族向けになるだろ？　値段によるなぁー」

そうこうしていると、さっきまで外に出ていた飲兵衛たちが戻ってきた。どうやら無事に外で配布されていたウイスキーにありつけたらしく、上機嫌そうだ。ちょっと羨《うらや》ましい。

「……ふむ。あのガラス瓶に入っていた何本かの棒。あれがウイスキーとやらの風味を出

第二十三話　第二回熟成ウイスキー猥談バトル

しているのだと私は推測している」

「ナスターシャもそう思うかい。僕もその意見には賛成だ。表現は適切ではないのだろうが、あの煮詰めたような酒精《しゅせい》の中に感じる焦《こ》げた香り。あれは火で炙《あぶ》った木材より析出《せきしゅつ》した風味に違いない。あるいは同じような材質の樽《たる》に保管していたのかもしれないね」

「サリーは似たようなものを飲んだことあるのかしら」

「さあ、僕はないね。蜂蜜《はちみつ》、乳、様々な酒があるけれど、あんなに強い酒は初めてだ。高級品に関してはシーナの方が詳しいんじゃないかな」

「いえ……見たことも聞いたこともないわ。伯爵の言う通り、間違いなく新開発されたものなのでしょうね」

「ケイオス卿が伯爵に肩入れするのも初めてではないが……ふむ。興味深い……」

ゴールドランクの連中はなかなか鋭いな。

本来ウイスキーは炙った樽によって風味を出すものだが、今回は更に樽の中に焦がした棒材を突っ込む手法も伝達してある。焦がした木材との接触面を増やすことで風味付けがより促進されるわけだ。前世も酒飲みグッズとして酒瓶に突っ込む木材が売られてたりなんかしたしな。自宅で熟成ってやつだ。

もちろん、それだけでこのベースアルコールの荒っぽさが改善される訳ではないが……俺としてはひとまず、この強い酒を口にできたことが嬉《うれ》しいね。

「……私も、あのお酒が売られたら買おうかなぁ……いくらくらいになるんスかね……」

「ライナは酒強いなぁ。俺より強くないか」

「うち結構みんな強いんスよね」

「私もライナが酔っ払ってるところは見たことないなぁ」

「ウイスキーが高かったらどうするよ？　一杯千ジェリーしたりしてな」

「……」

「おーいライナ？　真剣な顔してるけど大丈夫か？　……買うのか？　買うつもりなのか、お前……？」

まだ十代だってのに既に酒豪の素質が垣間見えるな……。

……もうちょっと色々と酒を開発しても良いのかもしれん。農業国の輸出品としては滅《め》茶《ちゃ》苦《く》茶《ちゃ》強いからな、蒸留酒《じょうりゅうしゅ》。消毒用にもできるかもしれないし。健康被害だけは気がかりだが……。


「おーいてめぇら～！　腕相撲《うでずもう》大会で我らがディックバルトさんがレゴール一の勇者になったぞぉ～！」

陽《ひ》も沈みはじめ、警備部隊の人が仕事に出かけ、それと入れ替わるようにしてギルドの客が増えはじめた頃。

それまで姿を見ていなかったチャックたち〝収穫の剣〟の面々がゾロゾロとご来店なさった。

第二十三話　第二回熟成ウイスキー猥談バトル

「おお、すげぇな！　さすがはディックバルトさんだ！」

「やっぱ一番の腕っぷしはギルドマンじゃなきゃいけねえよな！」

「ご立派ァ！」

そこには糸目の大男、ディックバルトの姿もある。

どうやら祭りの催しの一つ、街一番を競い合う腕相撲大会で優勝をもぎ取ったようだ。パーティーメンバーに囲まれ称賛を受けるその姿は、まさに今レゴールで最も脚光を浴びているパーティーの長に相応《ふさわ》しい。

……よく見たら集団の一番後ろにバルガーもくっついている。酔いすぎてフラッフラじゃねえか……今の今までずっと飲んでたのかあいつは。

「……負けて……しまいました……」

そしてバルガーの更に後ろから、どことなく気落ちした様子のゴリラ、じゃなくてゴリリアーナさんも入ってきた。

「ゴリリアーナ先輩、どうしたんスか？」

「大丈夫？　なにかあったの？」

「いえ……ただ、決勝でディックバルトさんと戦って……負けてしまったのです。全く敵《かな》いませんでした……力不足です……」

決勝戦はディックバルトとゴリリアーナさんかよ。逆にゴールドの超強いディックバルトと戦えるほどの力があるのか……。

これからもゴリリアーナさんに失礼なことをしないように気をつけよう……。

「あら、おかえりなさいゴリリアーナ。惜しかったのね、よく頑張ったわ」

「シーナさん……すみません、全力を尽くしたのですが……」

「気にしないで。むしろよく二位まで上り詰めたわね。同じパーティーの一員として誇らしいわ」

「……ありがとうございます」

そうか、腕相撲大会かー。毎年やってるけどいつもそんな遅い時間まで見て回ってないからなぁ。

一応精霊祭は夜になって月が出てからが本番ではあるんだけどな。ここらへんで見て回るの面倒になって酒場に籠《こ》もっちゃうんだよなぁ。

「そこでよぉ～今年は腕相撲の優勝者に豪華な商品があるってことでよ～……なんとディックバルトさんがなぁ～……この酒を一本、勝ち取ってきたんだぜぇ⁉　まさか未《いま》だにこの酒を知らない奴はいねぇよなぁ～⁉」

「なっ……！」

「それは⁉」

チャックが掲げたのは、一本の酒瓶。

色ガラスによって中身はわかりにくいが、間違いない……！

「レゴール伯爵様が作った新しい酒、ウイスキーだぜぇ～！」

第二十三話　第二回熟成ウイスキー猥談バトル

「うおおおお！　ディックバルトさん最強っ！」

「強い漢《おとこ》だ……！」

「――うむ。この街における最も強き雄として認められたことを嬉しく思う。ありがとう、皆。だが――この気持ちは、俺一人で独占するべきものではあるまい。今宵《こよい》は精霊祭――この美酒は、ギルドにいる皆と共に味わおうと思う」

「イヤッホォオオオウ！」

す、すげえ！　優勝商品ってウイスキーだったのかよ！

瓶はギルドに配布されたものより少し小さめだが……それでも未だ売られていない酒だ。

そんなものを振る舞うというディックバルトの男気に、ギルドの飲兵衛《のんべえ》たちが沸き立った。

「さすがだぜディックバルト！」

「すごいっス！　あざっス！　ごちっス！」

思わず俺とライナも立ち上がって拍手する。しょうがないじゃん、だってウイスキーもっと飲みたかったんだもん。

「だけどよ～……とはいえこのうめぇ酒を全員に配るにはちと足りねえんだよなァ～……ってことはよぉ～……？　何かしらのゲームで〝勝者〟を決めるしかねぇよなぁ～!?」

「これは、来るのか！」

「やるのかチャック！　始めちまうのかぁ～!?」

「当たり前だぜ！　ディックバルトさん直々のご提案だぁッ！　〝第二回熟成ウイスキー

猥談《わいだん》バトル〟の開幕だぁああぁッ！」

「ヒャッホォオオオオ！」

ギルドが異様な熱気に包まれ、男たちの野太い声が響き渡る。

吟遊詩人《ぎんゆうしじん》が悪乗りして激しい曲を掻《か》き鳴《な》らし、バルガーが謎に飛び跳ねて壁にぶつかり、チャックが靴を脱いでテーブルの上に立ち上がる。土足じゃないだけまぁ偉い。お行儀悪いけど。

……あ、ギルド内の女性陣が冷たい目線を送ってる……。

「さぁ～冬以来の開催だぜぇ！　美味い酒を飲みたかったら参加しろぉ！　我こそはって野郎はその場で立ちなァ！　己のスケベ知識の強さに自信がある奴は大歓迎だぜぇ～！」

「猥談なら任せろー！」

「バリバリバリリッシュ！」

「誰だ今の！」

「今回だけは負けられねえぜぇ！」

次々に立ち上がる猥談に自信ニキらが拳《こぶし》を鳴らす。反《はん》してそっと離席し中央から離れる女性陣。

今宵、ギルドは漢の世界と化《か》していた。

「……モングレル先輩……まさか……」

「ああ……その〝まさか〟だよ、ライナ」

第二十三話　第二回熟成ウイスキー猥談バトル

俺はビールのジョッキを机にドンと置き、立ち上がった。

「――来るか、モングレル」

「俺の参加にだけ反応するのやめてくれない……？　いや、まぁ参加はするんだけどさ」

「え、わ、猥談ってことはあれだよねモングレルさん……この前みたいな……」

「ああ。まぁ、でもさ……世の中、綺麗事《きれいごと》だけじゃ済まねえもんってのもあるっていうかさ……ギルドマンってそういうもんだよな……」

「モングレル先輩……」

ライナがジト目で俺を見つめている。……すまないライナ。それでも俺は……。

「……応援してるんで……ちょっとだけ分けてもらえると嬉しいっス……」

「ちょっ、ら、ライナ……⁉」

「……ああ、任せろ……！」

こうして俺は二度目の猥談バトルに参加することになった。

前回以上に女の多いギルドだ。色々と衆目もあるが……ウイスキーのためならやむを得まい。

プライドと酒を賭けた、つまり色々きったねぇ男たちのバトルが幕を開ける……！

「今回ばかりは出し惜しみはしねぇ……よく聞け！　〝ダートハイドスネークの乾燥粉末は〟……〝一匙《ひとさじ》で一晩勃《た》つ〟……！」

「なんだってぇ⁉」

「一匙で……⁉」

「老いてもまだまだいけるのか……⁉」

「くっ……やるじゃねぇか……だがな、伊達《だて》に俺だって報酬の二割を使い込んじゃいねぇんだ……！　喰《く》らいやがれ……！　〝スワンプタートルの鍋は朝まで戦える〟……！」

「ぐッ……⁉」

「――むぅッ、勝者バウル！」

「ッシャオラッ」

「ぐあああ⁉　俺が負けたぁ……⁉」

「――確かにスワンプタートルの鍋は〝効く〟……だがその価格、入手性……諸々を考慮した場合、俺はダートハイドスネークに軍配が上がるものと判断した……――僅差《きんさ》ではあったがな」

また始まってしまったよ、聞くに堪《た》えない猥談バトルが。

細かいルールというか判定はディックバルトに一任されているらしく、参加者も全面的にディックバルトの審判を信頼している。かなり曖昧なバトルのはずなのにここまで信頼されてるのって普通にすげーよな。

「さあ次は〝大地の盾〟のアレックスだぜ～！　お行儀の良い従士上がりは一体どんなネタを持っているんだぁ～⁉」

「期待のされ方がなんかエグい……！　え、えーと……そうですねぇ……〝キスする時に相手の耳を塞いでやると音がよく聞こえて雰囲気が上がる〟……とかですか」

「うおおおお！　わかる気がする！」

「アレックス、お前なかなかのスケベ使いだな！」

「スケベ使いってなんです⁉」

「く……〝大地の盾〟にまさかこんな使い手がいたとはな……！　お、俺は……〝店に飴《あめ》を持ち込むと普段キスを拒否する子でもオーケー出してくれることが多い〟で……！」

「——勝者、アレックス！」

「グワーッ！」

「あ、勝った」

「——アレックスの言……多くは語るまい。あれは良いものだ……」

今回は釣り餌《つえ》の豪華さも相まって、普段参加しないような男たちまで参加している。俺の順番が回ってくるのにもまだまだ時間がかかりそうだな。

「……モングレルさんはさー、今回も勝つ自信とかあったりするの……？」

「ん？　まぁな。俺は知識だけならある。ここにいる連中に負けるなんてありえねえさ」

「へ、へー……すごい自信……」

「私のコップこれっスから」

「準備も気も早いなライナ」

「お～いこらそこのモングレルッ！」

「あ、来たぞ」

「来たぞじゃねぇ～！」

なにやらチャックがお怒りのようだ。こいつはホント俺に突っかかって来る奴だな。

「いつもいつも〝アルテミス〟の子と楽しそうに話しやがってよぉ～……！　かと思ったらこの前は〝若木の杖〟の子とも仲良さそうにしやがってぇ～……なんか秘訣《ひけつ》とかあるのかよテメェ～！」

「……なんか俺に言いたい事と自分の求めてることがごっちゃになってない？」

「うるせ～！　知らね～！　モングレル、お前だけはこの俺が直々に倒してやらなきゃ気が済まねぇぜぇ～！」

「ほーう……前回は俺に負けたくせになかなかデカい口を叩《たた》くじゃねぇかチャックさんよぉー」

「……モングレル先輩、ひょっとして結構酔ってるっスか？」

「俺はレゴールで一番酔ってない男だぞコラァ」

「あ、これ結構酔ってるっス」

酒場の中央に歩み寄り、ついでにそこらへんに置いてあったジョッキをグッと飲み干す。気合充填《じゅうてん》。どうせ今日は無料なんだ、許してくれ。

「――では見せてもらおう。二人の可能性を……な」

第二十三話　第二回熟成ウイスキー猥談バトル

「ああ良いぜぇディックバルトさん！　まずは俺からいくぜぇ！」

「やべぇ！　また先攻取られた！」

「うおー！　チャックさん一気に決めるつもりだぁ！」

「モングレル先輩っ！　よくわかんないスけど負けないでっ！」

「男は酒を飲むと馬鹿になるのか？」

「ナスターシャ。ほぼ全ての男は生まれながらに馬鹿な生き物よ」

勢いでビールを飲み干したチャックがテーブルにドンとあぐらをかき、鋭い目で俺を睨《にら》みつける……！

……お前、本気だな……！

「〝男でも先の方を集中攻撃されると〟……〝潮《しお》を吹く〟……！」

「……」

「へへ、へへへ……前回は男のネタでやられたからよぉ……これは意趣返しってやつだぜぇ～……？　モングレルさんよぉ……！」

「マジかよ……男でも……!?」

「そもそも俺は女のさえ見たこと……」

「ディックバルトさんは審議を出してない……この攻撃……〝有効〟ってことか……！」

次第に強まるざわめき。目を瞑《つむ》るディックバルト。白い目を向けてくる女の子たち……はいいとして。

チャックのそのネタは、この酒場においてかなり異質というか、革新的なものではあったらしく……聞いた者は多くが驚いていた。

……だが……俺は……。

「……がっかりだよ、チャック」

「なッ……⁉」

情報社会日本。検索欄にちょっとキーワードを打ち込んで調べてやれば……そこには数千年間積み重ねられてきた人類の叡智《えいち》が広がっている。

そのネットの集積知を前にすれば……チャックの見つけ出したそのトリビアの、なんとちっぽけなことか。

今時その程度の知識、マセた小学生でも知ってるぜ……？

「俺はさ……なんだかんだ言っても、楽しみにしてたんだぜ？　ひょっとしたらお前が俺のライバルになってくれるんじゃないかってよ……心の奥底ではそう、期待してたんだがなぁ……」

「な、おま……ハッタリだ……！」

「……それで終わりか？」

「……ッ！」

チャックが戦慄《せんりつ》し、喉《のど》を鳴らす。

次弾は……なし、か。

「だったらもう良い。失せろ――〝男は尻の中にある前立腺《ぜんりつせん》を適度に刺激されると〟……〝何度でも絶頂できる〟」

「ぐぁあああああああああ⁉」

チャックはテーブルから吹っ飛んで床の上に叩きつけられた。

雑魚《ざこ》め。身の程を知るが良い。

「チャックぅううう！」

「そんな……まさか、そんなことが……⁉」

「――勝者、モングレル！」

「うおおおおおおッ⁉　瞬殺だぁあああ！」

「ディックバルトさん⁉　そんなものが……実在するのですか⁉」

「――まさか、モングレルがこれを知っていようとはな……直腸に入ってすぐ、膀胱《ぼうこう》の真下に存在する木の実のような器官……これは男にしかないと言われる、ある意味最も男らしい臓器のひとつ……――だが、ここを刺激された時……――男はたちまち、メスになる。

それはこの俺が保証しよう……」

「なんだってぇええ⁉」

「ディックバルトさんの保証……聞きたくなかったぜ……！」

「これからどこに目をやってディックバルトさんの後ろを歩いたら良いんだ……⁉」

ディックバルト……お前……すげぇな……。

こんな情報のない世界でよくぞそこまで練り上げたもんだ……。

「――無論、慣れぬ者には解《わか》らぬ感覚……メスとなるには研鑽《けんさん》を積まねばならんが……まさかモングレル、お前もまた俺と同じ――？」

「いや、俺は通りすがりのスケベ伝道師から聞いた」

「またスケベ伝道師かよ！」

「一体誰なんだスケベ伝道師！」

「さぞ名のあるスケベ伝道師とお見受けするぜ……」

「ふ、ふーん……直腸の、膀胱の下……」

「駄目だ、チャック完全にノビてやがる……！　ダメージが強すぎたんだ！」

「ていうか酒飲みすぎてるだけじゃねえの？」

こうして第二回の猥談バトルも俺の勝利で終わった。

健闘を称えるディックバルトは、なんとなく俺のコップに普通よりも多めのウイスキーを注いでくれたように思う。

でもその同志を見るような目は止めてほしい。

「……不潔ね」

「紳士的な趣味をしてるんだねぇ、彼」

「医学の領分だな」

ゴールドランクの女性陣からの冷めた視線を浴びたが……これもまた、強すぎるチートを持った主人公の宿命ってやつなのかもな。ハハハ……。

「ライナ……ウルリカ……持ってきたぞ」

「……あ、その、私の分は平気だから……ライナにあげちゃって……うん」

ウルリカはどこかよそよそしくウイスキーを固辞し、結局これはライナと半分こすることになった。

「んく、んく……ぷぁ。……くぅー、美味しいっス！」

「フフ……良かったなライナ……俺はそれだけで幸せだぜ……ほら、俺の分も飲んで良いんだぞ……」

良い飲みっぷりをみせるライナに、俺は自分のウイスキーも分けてやった。

「えっ⁉　でもこれは、モングレル先輩の分じゃ……」

「いや……向こうで変に動き回ったせいでなんか……酔いが回ってしんどいわ……もう飲めねえ……へへへ……」

「……モングレル先輩……あざっス！」

こうして俺の勝ち取ったウイスキーは、全てライナの腹に収まることになったのだった。

強い酒だからちゃんと水も飲んでおくんだぞ、ライナ……。

第二十四話　二人の帰り道

BASTARD・SWORDS-MAN

その後、良い感じにできあがった俺は帰路に就いた。

「いやー飲んだっス。ウイスキーめっちゃ美味《うま》かったっス」

「酒強いなぁライナ……まぁでも確かにあの酒は良いよな。香り高くて、ガッとくる感じも……いやぁ今日は飲んだなぁ……でもライナ、お前本当にこっちの道で良いのかよ。帰り道違うだろ。あまり夜遅くになぁ……」

「フラフラ歩いてるモングレル先輩の方が見てらんないっスよ。それに今夜はどこも賑《にぎ》わってるから、大丈夫っス」

「それもそうか」

ライナの帰りを心配したが、逆に俺の方が心配された。こういう時酔っ払いは大人しく周りの人間の言うことに従った方が良いことを俺は知っている。まぁ実際、今夜は人通りも多いからまだ全然大丈夫か。

一般市民にとっての精霊祭の楽しみは、ほとんど昼から夕時に集中している。夜は夜で酒場や広場でたむろする飲んだくれは多いが、それまでには多くの店が閉まっているだろ

第二十四話　二人の帰り道

うし、雰囲気としては後夜祭みたいなもんだろう。

「どこも店やってねぇなぁ。次、向こうの店行ってみるか」

「良いわよ、どんどん探していきましょ」

「なかったら広場に戻って飲めば良いや」

　赤い顔をした旅行者たちが二軒目を探して彷徨《さまよ》っている。今夜は飲み屋だったら遅くまでやっているだろう。店主が乗り気なら朝まで開いている所もあるかも知れないな。俺はさすがに眠いしそんなに話すこともないから遠慮《えんりょ》しておくが……。

「どうだライナ、祭りはどうだった。楽しかったか」

「っス。超楽しかったっス。飾り付けも綺麗《きれい》で、賑やかで……私の故郷でも収穫祭みたいなのはあったんスけど、楽しいとかっていうのはなくて……だから、本当に良かったっス」

　微笑《ほほえ》むライナの横顔が、通りの店から漏れる灯《あか》りに照らされて煌《きら》めいている。

　背丈は低く体つきは極めて子供っぽいライナだが、こういう表情は年相応というか、しっかり大人っぽいんだよな。

「モ、モングレル先輩？　なんスか？」

「ああ、いや？　別に……ライナは酔ってても顔に出ねーなって思ってな」

「……モングレル先輩はめっちゃ顔に出てるっス」

「やっぱ酔ってるよなぁこれ。そうなんだよなぁ、俺の身体はあまり酒に強くないんだよな……まぁ、その方が金使わずに酔えるし、一長一短なんだけどよ」

「そういう考え方もあるんスねぇ……あっ」

「おっと、危ないぞ」

こっちを見ながらぼんやり歩いていたライナが路肩にジャラジャラと突き出した精霊飾りにぶつかりそうになったので、思わずこっちに引き寄せてしまった。

「あれぶつかって壊したら高そうだからな」

「あ……あざっス……」

懐かしい。スマホを見ながら歩いて電信柱にぶつかりそうになった前世を思い出す。

あの頃の俺は夢にも思っていなかっただろうな。別の人間になって生まれ変わって、また何十年も人生をやっていくなんてよ。

……ああ、冷えた缶ビールが飲みたいな。また一度でいいから……いや五回……十回くらいでいいから、ピート臭《しゅう》の強いアイラウイスキーを飲みたい。

「……ライナ、知ってるか？」

「えっ、あ、はい……」

「ウイスキーってのはさ……あれだ。燻製《くんせい》のつまみあるだろ。ああいうのと良く合うよな」

「はぁ、まぁ。……確かにナッツ食べた感じ良かったっスね」

「だったらよ、ウイスキーも燻製にしてみたら美味いんじゃねえかな」

第二十四話　二人の帰り道

「ええーっ……お酒を燻製っスか……飲み物が煙臭いのはなんか嫌っスよ」

「いやいや、絶対美味いって。絶対流行《はや》るって。そういうウイスキーを作れば金持ち相手に一儲《ひともう》けできるぜ絶対に」

「……モングレル先輩ってやっぱりそういう商売事には手を出さない方が良いっスね」

賑やかな夜の街。華やかに着飾った人と浮かれた酔っ払い。

この活力に満ちた街の景色も、来年はもっともっと賑やかになると良いな。


「なんか送ってもらっちゃって悪いなぁ、ライナ」

「いいっス。酔ってる人は無理しちゃ駄目っスよ」

本来なら俺がライナを送るべきだったんだろうが、今の俺はそんなこと言ってられない程度にはふらついているらしいので、大人しく送られてしまった。これが前世持ちのおっさんの姿である。情けなさすぎる。

「ライナも気をつけて帰れよ。悪い男に捕まらないように、人通りの多い所を歩けよ。何かあったらちゃんと警察を呼ぶんだぞ」

「ケイサツ？　もー、わかってるっス。モングレル先輩こそ、水飲んでちゃんと寝なきゃ駄目っスよ」

「お前もだぞライナ。お前もまだまだ若いんだから、アルコールの飲みすぎは控えて、身体を労《ねぎら》ってな」

「まーだ子供扱いするんスか！」

「俺からすればまだまだ子供だって。大人ってのはな……」

ん？　何か光ってると思ったら、ライナの頬に薄っぺらい飾りの欠片《かけら》が張り付いてる。

「えっ、えっ⁉」

「動くなよ」

「え……や、大人って……⁉」

頬に手をやり、飾りをそっと摘み取る。

「ほれ、取れたぞ。あー、やっぱそうだ。さっきの路肩の飾りのやつが張り付いちまったんだな。はは、近くで見ると本当にスパンコールみてぇ」

「……ていっ！」

「いってぇ⁉　なんでローキック⁉　なんで今俺ローキックされたの⁉」

「私もう帰るっス！」

「脛《すね》、脛は痛いって……おーい、ライナ！」

「なんスか！」

「またギルドでな！　今度の狩りの予定、詳しく話そうぜ！」

「……うっス！　またギルドで、予定立てましょ！」

最後に笑顔を浮かべ、ライナは通りの奥に消えていった。

「あー……大声出したらまた酔いが回ってきた。さっさと寝よう……」

第二十四話　二人の帰り道

まあでも、騒々しくも色々あって楽しい一日だったぜ。
やっぱり祭りも、たまにやるには良いもんだよな。

第二十五話　三英傑の負傷と対策装備

昨日はちょっと深めの酔い方をしたのは想定外だったが、幸い次の日に引きずるようなものでもなかったのでセーフである。あと二杯飲んでたら厳しかったかもしれないな。

そして今日の予定は既に決めてある。

祭りで汚れた街中を掃除するため、俺は都市清掃任務を受けるつもりだった。

外での飲食マナーなんて渋谷《しぶや》のハロウィンの比じゃない。どこを見ても無法地帯ここに極《きわ》まれりといった惨状で、とてもじゃないがこんな街で暮らしたい気分にはなれない。俺がよく使う道だけでも綺麗《きれい》にしとかなきゃ我慢できん。


だがギルドについてみると、そこでは珍しくディックバルトたちがいた。

副団長のアレクトラも二日酔《ふつかよ》いでしんどそうな顔をしているが、しっかり装備を着込んで席に着いている。〝収穫の剣〟の偉い奴《やつ》らが揃《そろ》って一体何をしているのやら。

そう思って軽く尋ねてみたら、俺の想像以上に深刻な事態に陥っているようだった。

「ギルドマンの三人が負傷……って、おま……」

【第二十五話　三英傑の負傷と対策装備】

「――ヒーラーによって手当ては受けたため、後遺症の心配はない。――迂闊《うかつ》だった……俺が、もっと指導しておくべきだったのだ……」

昨日、ギルドマンの三人の男が負傷した。彼らはそれぞれ所属するパーティーもバラバラで、接点はない。あるとしても昨日ギルドで飲んでいたくらいのものだろう。

一体何があったのか？　それはわからない。

……ただ、三人の男は共通して、自分のケツ穴に剣の柄《つか》を突っ込み、それが取れなくなっていたのである。

「――幸い、ショートソードだった。ロングソードであったならば、また違った悲劇を起こしていたやもしれぬ……」

「……団長、あんまり汚ねぇ話をしてくれんなよ。アタシはただでさえ頭が痛いんだ。これ以上はよしてくれ……」

持って回った言い方ではあったが、つまり。

あれっす。

男たちは未知の快楽を追い求めた末に、己のケツにショートソードを突っ込んだということなのだ。

もちろん本人たちはそんなことは認めていない。「え？　いやー酔っ払ってて悪ふざけしてたんだよね。気付いたら抜けなくなっててー」。そんな風に供述しているという。

だが同じ日に三人もの男がケツからショートソードを生やして診療所に駆け込んだのだ。

同時多発的にそんな地獄みてえな悪ふざけが被ってたまるもんか。現場で彼らを担当したヒーラーが本気でかわいそうになる。その時の担当者がカスパルさんでないことを祈りたい。

それにこの世界にヒーラーとポーションがあって本当に良かったと思う。もしそれらがなかったら、彼らはケツにショートソードを突っ込み、それが抜けないまま死んでいたかもしれないのだ。三国志の世界なら何らかの感染症になる前に余裕で憤死するレベルの生き恥である。

俺としても酒のテンションとはいえ、持ち出したこのネタで人死にが出なくて本当に助かった。俺のせいで死んだんじゃ胸糞《むなくそ》悪いじゃ済まされない。ケツだけに。ガハハ。……笑えねえ。

ちなみに、今回診療所のお世話になった男三人はこれを機に〝レゴール三英傑《さんえいけつ》〟と呼ばれているらしい。心の底からどうでもいい。

「――第二、第三の〝三英傑〟の出現は止めねばならん。人は快楽を追い求めるもの……だが、正しき知識がなければ、転じて苦しみや、災いにもなりかねん。――再び悲劇を繰り返さないためにも、俺はしばらく異物挿入の警告に努めるつもりだ」

「そう……まぁ、そうだよな……怪我《けが》なんかされたら俺としても後味が悪すぎるわ……」

「――モングレルは悪くはない。人は快楽を追い求めるものなのだ。……ただ、道の先を行く俺たちには、後続を正しく導いてやる義務がある。それだけにすぎん」

【第二十五話　三英傑の負傷と対策装備】

「ごめん、俺を先に進んでる扱いするのはやめてくれないか」

「――なので、掲示板にこのようなものを貼り出すことにした。異物を挿入する際の注意喚起をまとめたものだ。アレクトラにも手伝ってもらい、今しがた完成したものだ」

「聞いてくれよモングレル……団長はすぐにどうでもいいアドバイスとかを書き足そうとしてくるんだ……」

「……おつかれ」

小さな羊皮紙のポスターには、ケツでお遊びする際の注意点が簡潔にまとめられていた。

ちゃんと抜き出せる形の物を入れる。滑らかな物以外は避ける。またその際にはジェリースライムのペーストを水で二倍に希釈した浄化潤滑液《じゅんかつえき》を併用すること……なにそれ、そんな使い方もできるの、ジェリースライム。でもこれ精霊祭翌日にやっていい所業じゃねぇよ。月の化身をペーストにしてケツに突っ込むって、魔女の邪悪な儀式レベルじゃねえかよ。

「――未知の探究は悪いことではない。だが、我々ギルドマンは蛮勇をもって臨むものではないはずだ。常に万全を期して、進んでゆきたいものだな……――その歩みが、遅いものだとしても……」

良いこと言ってる風だけど、これケツに異物突っ込む話してるんだよな……。

「あーあー、男はなんでこんなバカばっかかなんだかねぇ。まさか浮いた話のねぇモングレルまでバカだったとは」

「俺は別にケツに変なもんは突っ込まねえよ……」

「――そういうことにしておこう」

「いやそういうことなんだよ。やめろその目を」

しかし俺の話が発端でケツをボロボロにするギルドマンが増えるのは嫌だ。忍びないとか申し訳ないとかじゃなくてシンプルに嫌だ。

将来的に〝レゴールのギルドマンの尻を破壊し尽くした男〟とか呼ばれないためにも、早いうちにこのきったねぇ啓蒙活動《けいもうかつどう》には乗っておくべきか……。

「これつまり、形の変なものを入れるから抜けなくなるんだろ。何か専用の、入ったままにならないような安全な物を使えば大丈夫ってことだよな」

「こらモングレル、止めるんじゃないのかよ！」

「いや俺もバカだとは思うけど、男ってやる奴はやるからさ……」

前世でも普通にいたからね、変なものをケツに入れちゃってお医者さんの世話になる奴。ペンとかはまだましな方で、電池だとか、ひどいのだとイクラだとか、怪獣のフィギュアだとか……。

男の快感への飽くなき渇望《かつぼう》は、ＩＱを百くらい下げるからな。止めようと思って止められるものではない。だったら安全なやり方を啓蒙して被害を食い止める他にないだろう。

……俺は祭りの翌日に何をやってるんだ……？

ふと冷静になりそうになったが、自分のケツくらいは拭かねばなるまい。ケツだけに。

【第二十五話　三英傑の負傷と対策装備】

ガハハ。

「――俺が使うものであれば、形はこうなっているな」

「ほー」

掲示板の黒板部分に、ディックバルトがチョークで図案を書いてゆく。

ぐねっとした形の道具で、あー……なんだっけ。エマネ？　エネマ？　とかいう名前のジョークグッズだった気がする。ケツに突っ込むおもちゃだ。

「ちょっとそこの方たち！　ギルドの掲示板に変なもの描かないでください！　後でちゃんと消してもらいますからね!?」

受付からエレナが怒ってる。正論100パーセントだ。何も反論できねえ。

「これが滑らかな材質でできてれば、まあ安全なわけか。こっちの部分は入りようがないからな」

「――うむ。もちろん浄化潤滑液に頼らず、これ自体もよく研磨する必要はある」

「きったねぇ話しやがって……あー頭いてぇ」

「なるほど……」

正直、図案を見る限り〝こんなもん人体に入るのか？〟って気持ちになるが、まぁ多分入るのだろう。

それはそれとして、俺はこの道具に少し思うところがあった。

「ディックバルト、こういう道具を作ったら売れると思うか？」

「──売れる。店が取り扱っているものではないし、既存の類似品から俺が最終的に行き着いたのがこれというだけだが……これならば、高額で販売できるだけの力がある」

「ほーう……なるほど、じゃあこういう方面で金を稼ぐのもアリか……」

アダルトグッズは人の欲望そのものだ。金に糸目をつけない者も多いだろう。何より、見本として現物が存在することによって、「ケツに入れて良いのはこういう形なんだ」というイメージが一般に広まるかもしれない。いや、別にこういうのを入れて良いってわけでもないし、何も入れないようにすることがそもそも最善なんだけども。

「──そういえば、モングレルは市場に己で作った商品を出しているのだったな」

「ああ、発明品をな。あんまり売れねーけど」

それでも昨日の祭りで何かしら動きはあったはず。その確認もしておかなきゃな。

「──良い物ができたら、俺を呼んでくれ。感想と評価ならばいつでもしてやろう」

そう言ってディックバルトはニヤリと微笑《ほほえ》んだ。……感想、聞きたくないです。はい。


それから俺は都市清掃もせず、川辺に行って材料の加工を始めた。

ホーンウルフの大きく太い角は磨くと滑らかで、適度な硬さとしなりがあるのでそれを加工してアダルトグッズを作ることにしたのだ。うまくできれば安全の啓蒙と同時に良い収入になるかもしれん。祭りの翌日に俺は川で何作ってんだって虚無になる気持ちがちょくちょく湧き出たが、なるべく考えないように角を削ってゆく。俺の馬鹿力を発揮する場面だ。

「ふう……こんなもん……かなぁ？」

ディックバルトの図案を見てだいたいの形はわかった。しかしサイズ感は微妙なところだったので、汚ねぇ話ながら俺の息子さんに形の比較を手伝ってもらいつつ、アダルトグッズは一応の完成を見た。

だが、まさか作ったからと言って自分のケツにぶち込みたくはなかったし、〝使用感が悪いです〟というレビューが来たらどうしようかと思ったが、まぁそこまでは知らんってことで。

それをいくつか作っておき、入念に研磨して……まぁ良しとした。

川の水に濡《ぬ》れ艶《なまめ》かしく乳白色に輝くアダルトグッズ。

……これ以上眺めているとなんか死にたくなりそうだな？　さっさと黒靄《くろもや》市場で売り出してもらうとしよう。

「へえ、こんな道具があるんだな。良い材料使ってんのにもったいない……」

「俺もそう思ってるんだよ、メルクリオ。まぁ材料費込みで高く売りつけてやってくれよ。多分物好きが買うだろうからさ」

「まぁ構わないがね。ああ、洗濯板は全部売りきれたよ。ありゃ流行《はや》るかもしれんな」

「ああ本当か。そいつは嬉《うれ》しい報告だ」

黒靄市場も祭りのせいでより一層小汚くなっているが、なんでも売りつけるこの一帯にかかれば落ちてるゴミも商品になり得る。

そのせいか現状では表の大通りよりも幾分か綺麗にまとまっているようにも見えた。

「あとこの道具を買う奴がいたら、ついでにこの注意喚起の羊皮紙を見せてやってくれ。使い方と注意が書かれてるからな」

「へぇ。これもモングレルの旦那が？」

「馬鹿言うなって、ギルドの詳しい知り合いだよ」

「ハハハ。わかったわかった、そうするよ。まぁ売れるかどうかはわからんから、気長に待ってもらえると嬉しいね。それよりは洗濯板だよモングレルの旦那。周りが真似《まね》する前に、あれをもうちょい値上げして出そうじゃないか。もうしばらくあれで稼げるから、増産してくれないか？」

どうやらメルクリオは洗濯板の売れ行きに興味があるらしい。よほど売れた感触が良かったのだろう。こういう時の商人の勘は頼りになる。

……俺も祭りで金を使ったし、確実な方法で金を稼いでおくか。まだ魔法商店での散財も予定してるしな。

「じゃあすぐに作って持ってくるよ。鉋《かんな》はあるから一日待ってくれれば問題ない」

「ああ、楽しみにしてるぜ」

そうして俺は洗濯板の製作に取りかかった。角の加工の次は板材だ。都市清掃にかかり

たいが忙しいのだから仕方がない。

力一杯鉋をゴリゴリ使って、俺は半日で二十枚の洗濯板を仕上げてみせた。鼻の穴が木《き》屑《くず》臭いぜ。

で、翌日にはその板をまとめて担ぎ、再び黒靄市場へと向かったのだが。


「モングレルの旦那。旦那が作ったあのいかがわしい道具、昨日のうちに全部売れちまったよ」

「Ｏｈ……」

「足元見てジェリーふっかけたんだがねぇ……」

メルクリオから告げられたのは、まさかの完売である。別に広告の掲載もしてないのになんでそうなるんだよお前。

ギルドマンか？　……ギルドマンっぽいよな。話聞いてた奴らが道具を探してたのかもしれない。やはり男のロマンは止められないのか……。

「なぁメルクリオ、参考までにどんな奴らが買ってったかわかるか？　ひょっとするとそいつらは三英傑かもしれん」

「誰だよ三英傑ってのは……商品が商品だからなぁ。モングレルの旦那とはいえ、客の詳しいことは言いたかねぇよ」

「ああそりゃそうか。すまん」

「まぁ男二人と女一人とだけ言っておくよ」

「女が買ったのかよ⁉　水商売で使うのか……？」

「さぁねぇ。若くて綺麗な子だったが……もしかしたら仲の良い男相手にでも使ってやるんじゃないかね？　人の趣味はわからんもんだね。クックック」

好調すぎる売れ行きに思わずアダルトグッズの増産が頭を過ったが、そんなものを作るよりは洗濯板の方がずっと儲《もう》かるし楽だし人の生活に役立つので、これ以降は作るのは取りやめにした。

万が一、いや、億が一にでも俺の正体がケイオス卿《きょう》とバレた時、アダルトグッズも作ってましたなんて言われるの嫌だし……。

ケイオス卿のブランドに傷が付くからな……。

第二十六話　平凡なるウィレム・ブラン・レゴール

BASTARD・SWORDS-MAN

精霊祭が終わった。

今年も大事なく催しが消化され、肩の荷が降りる。しかし私は広大なレゴールを治める伯爵だ。一つの祭典が終わったからといって、そう長く休めるわけでもない。

ああ、執務室に向かってくる足音が聞こえてきた。几帳面《きちょうめん》な早歩き。アーマルコよ、もう少し主人を労《ねぎら》ってはくれないものか。

「ウィレム様。精霊祭における報告がいくつか衛兵より上がっております」

やれやれ。うるさい執事がやってきた。伯爵を継いでからというもの、アーマルコは満足に私を休ませてくれない。

「なんだね、報告とは」

「レゴール市街にて、特定の商店や家屋への侵入を試みた犯罪者が確認されております」

「祭りに乗じての犯罪は珍しくもないだろう。共通点は？」

「は。いずれもケイオス卿《きょう》の手紙を受け取った者たちと関《かか》わりのある場所でした」

「……またケイオス卿の残り香を狙ってきたのか。彼は滅多に同じ場所に手紙を送らないというのに」

「犯罪者たちは全て捕縛されましたが、背後関係は洗い出せませんでした。適当に雇った連中かと」

「犯罪者奴隷《どれい》の仲間入りだな。匿名の贈り物と思っておこう」

「左様でございますか」

「これから公共事業も忙しくなるからなぁ」

ケイオス卿。彼がこの街に来てから、八年前後になる。

それからの私の人生を言い表すのであれば、激動という言葉が相応《ふさわ》しいだろう。

第二十六話　平凡なるウィレム・ブラン・レゴール

私、ウィレム・ブラン・レゴールは厳しい父の三男として生まれた。

平凡な……いや、容姿は醜《みにく》く、性格も内向的で、決して伯爵家に相応しい男ではなかったと断言できる。それは幼少より続く二人の兄からの虐《いじ》めのせいもあったのだろうが、生来からの性質であるように、私自身も思っている。歴史に埋没するだけの男になるはずだったのだが……人生とはわからないものだ。

強く猛々しい長兄は戦争の折、落馬によって死に、それによって継承順位一位となった陰謀好きの次兄は急な病によって倒れて死んだ。

結局、レゴール伯を継ぐことになったのはデブでチビでハゲな三男の私であった。父も苦笑いすらできなかったな。

当時二十二歳。民からの人気など欠片《かけら》もない私を担ごうという者は誰もいなかったので、急に態度を変えた周囲が白々しかったのを良く覚えている。

私は二人の兄とは違い、ギフトも強い身体も人と巧みに話す度胸もなかったので、専《もっぱ》ら本を読んで過ごしてきた。誰とも話さず図書庫に籠《こ》もり知識を蓄える日々。だがその生活を愛していた。将来は学者になるのが夢だったのだ。

それが伯爵を継ぐことになって、全てが狂ってしまった。やりたくもない無駄な戦争、おべっかばかりの貴族との会話、文句しか言われることのない政治。嫌なことばかりだ。心の底から、伯爵になどなりたくなかったのだ、私は。

まあ、駄々をこねる歳でも立場でもないことは重々承知していたので、逃げることもできなかったのだが……。

実際、私の政治に至らぬところは多かった。

何をやっても思うようにいかない。何をすれば良いかはわかるのに、周囲を取り巻く悪意の力が、私の活動を押《お》し留《とど》めようとする。それが兄嫁たちの勢力によるものだとは分かっていても、どうにかするだけの力が私にはなかったのだ。

……ケイオス卿と名乗る人物から、手紙が届くその時までは。

その手紙は複数の鮮やかな色から成る異様な模様が描かれ、見たこともない封蠟《ふうろう》が捺《お》されていた。製法は当時も、今でさえも判然としない。

当時のアーマルコは異質な手紙を警戒し焼き捨てるように進言していたが、そうしなかったのはただ私の興味からだった。

手紙には、知識が記されていた。特に難しいこともない、農作業の方法である。まるで農家の親が子に教えるかのような、詳細な記述がそこにはあった。私たちは専門家ではないのでそれを見ただけでは何もわからなかったが、最後に記された一文を見て戦慄《せんりつ》した。

この方法を採用することで、小麦の収量を二割増にできる。そう書かれていたのだ。

信じられるだろうか？　私は当然、それを信じなかった。手紙には信じるに値するものが何もなかったからだ。だから私はその手紙を棚に放り入れ、保留という名の死蔵を決めた。その後に送られてきた蒸留機の設計図もまた、同様に。

……巷《ちまた》でケイオス卿なる人物の手紙による発明品が大流行《だいりゅうこう》を巻き起こしていると耳にした時、私は慌ててこの棚をひっくり返すことになったがね。

手紙を捨てなかったのは、本当に英断だったと思う。

レゴールは平凡な街だったが、ケイオス卿の出現によって瞬く間に活気付いていった。

なにせ彼が手紙を出すたびに経済活動が活発化する。様々な物が飛ぶように売れ、交易が盛んになる。そこに私の手が加わっているわけでもないのだから、奇妙な夢でも見ている気分だった。

だが何より奇妙だったのは、このケイオス卿の影響によって、街に蔓延《はびこ》る不正や独占を行っていた商社が潰れていったことだろう。気付かない者も多いが、ケイオス卿は間違いなく悪しき既得権益者《きとくけんえきしゃ》を狙って潰しているようだった。そうなるように手紙をばら撒《ま》き、勢力をコントロールしていたのだ。

一体何のために。何者がこんなことをしているのか。疑問は尽きないが、なんとなく彼が悪でないことだけはわかる。そして彼の目的が善によるものであるならば、私はそれに乗ろうと考えたのだ。

裏では謎のケイオス卿が悪徳商社を駆逐《くちく》し、表では私が、ケイオス卿が動きやすいように場を整える。

私はケイオス卿と面識はなかったが、そうしている時は不思議と彼と心が繋《つな》がっていたように思う。実際、そうしてレゴールを掃除しているうちに、兄嫁たちの家による悪しき影響力は瞬く間に消え去っていった。私やレゴールを取り巻く鬱陶《うっとう》しい靄《もや》は晴れ、そこでようやく私は自分の政治をまともに行えるようになったのだった。

私が名君などと呼ばれ始めたのも、その頃になってのことである。

「ケイオス卿を名乗る発明家たちの詐欺による被害が増えています。ケイオス卿を装い、開発資金を得ようとする者が後を絶ちません」

「間の抜けた奴らだなぁ。ケイオス卿が自ら名乗るわけがないというのに」

「発明家を抱え込む側も、ある程度承知の上かと。真贋《しんがん》はどうであれ、ケイオス卿のパトロンであることは一種のアピールになりますので」

「本物のケイオス卿に対する、か？　彼は個人の旗色を気にするタイプではないよ。多分だがね」

ケイオス卿の出現により、レゴールの経済は発展した。

出現以来定期的に有用な商品案をばら撒き続ける彼は、一切の権利料を取ることがない。無償で金のなる木を庭に植えてくれる妖精のようなものだろう。商人にとっては喉《のど》から手が出るほど欲しい存在だが、その人物像は全く明らかになっていない。男か女か。若者か老人か。貴族か平民かすら謎のままだ。

しかし、世間は自分に都合の良いように彼の姿をイメージする。

「それと、ウィレム様。議会より苦情が」

「……なんだよ、もう。私が何か失敗したか？」

「いえ。貴族街だけでなく、レゴール都市全域にウイスキーを配布したことについて、無駄な費用をかけていると。一部からではありますが、批判の声が上がっています」

「ああそれか。結局私が押し通したからなぁ……」

私は今回の精霊祭にて、レゴールの街全域に新開発のウイスキーを振る舞った。新開発故に量はない。価値としても非常に高い酒だ。それを平民たちに無償で大盤振《おおばんぶ》る舞《ま》いしたことに対して、議会は怒っているのだろう。まぁ、それも極々一部なのだろうが。

貴族たちは何故《なぜ》か、ケイオス卿が貴族であることを疑っていない。あれほどの知識を持つのは教育を受けた人物だから、ということだ。そういうこともあって、平民の区画に酒をばら撒くことを渋っている部分もあるのだろう。

……私としては、貴族ではないと思うのだがなぁ。

「あれは精霊祭を利用した蒸留酒《じょうりゅうしゅ》の宣伝であり、対外的なアピールだ。あの強い酒精《しゅせい》と味が広く知れ渡れば、それだけで一気に販路が広がる。話題作りが一度に済ませられるのであれば、その方が楽だろうに。頭の固い連中はこれだから……」

「自分たちの取り分を多く確保したかったのでしょうな」

「売り込む側が酒に溺れてどうするんだ……ああいう商品は、他所に売ってこそだろうに」

種子の選別と消毒、それによる小麦の増産。そこからの余剰作物《よじょうさくもつ》を利用した蒸留酒作り。

時間はかかったが、なんとか金銭を用意する算段がついた。今まではレゴールは好景気に沸いていたが、これからは更に外貨の獲得に邁進《まいしん》してゆけるぞ。バロアの森の開拓と石材の確保が捗《はかど》るというものだ。ああでも護岸工事と架橋工事《かきょうこうじ》もあったな。やっぱり金はいくらあっても足りる気がしない。

「ああ、ケイオス卿に伯爵を代わってもらいたいものだ」

「お戯《たわむ》れがすぎますぞ」

「わかっている。ケイオス卿はそのようなことはしない」

第二十六話　平凡なるウィレム・ブラン・レゴール

「……いえ、そういうことではなく……」

「だがわかるだろう、アーマルコ。彼がより入念に手を加えれば街はより発展するんだ。それがわかっていて間接的にしか影響力を発揮できない彼のことが、私には歯痒《はがゆ》くてならないんだよ」

「……発明と政治はまた別かと。ウィレム様の各方面に対する利害調整の手腕は、誰もが備えているわけではありません」

「他人の顔色を窺《うかが》ってその時その時で場当たり的に立ち回っているだけだ。こんなこと、誰にでもできるだろう」

「ふむ……ウィレム様にとってはそうなのかもしれませんが。稀有《けう》な才能かと」

「下手な褒め方だな。私は凡人以下だよ。はぁ……嫌だなあ、もう……」

甘い焼き菓子を頬張り、熱いハーブティーを飲む。ああ美味《うま》い。仕事中に味わう甘い物はどうしてこんなに素晴らしいのだろう。

「うーむ……で、アーマルコ。他には何か報告はないか？　どうせなら一度に全部聞くぞ」

「はぁ、そうですな。優先度の低いものとして、レゴール市街で特定の人物を捜すような動きが見られるとのことです」

「ほう？」

「捜索者はいずれもギルドマンたちで、特にそれを隠しているわけでもないようなのです

が」

「捜しているものとは？　まあケイオス卿かね」

「いえ、スケベ伝道師です」

「なにて？」

「スケベ伝道師です」

「ええ……どこの誰ぇ……？　怖いよ……そんな報告上げてこなくていいから……」

「何か凄《すさ》まじい夜技の類いを知る賢者だとかで、近頃話題となっているそうですな。私からの報告は以上です」

「……レゴールが平和で何よりだよ」

「左様でございますな」

まあ、レゴールが平和だろうとそうでなかろうと、私の仕事量は大して変わらないのだが。

やれやれ。作物の増産方法の提供で王都も少しは大人しくなってくれるだろうが……向こうも一枚岩ではないからなぁ。協力的になってくれるのは良いが、どうせならレゴールを目の敵にする連中も抑え込んでいてくれないものだろうか……。

無理かなぁ。期待するだけ無駄なんだろうなぁ。はぁ……嫌だなぁ……。

ああ、お菓子美味いなぁ……。

特別書き下ろし番外編① ブリジットと剣豪令嬢

BASTARD・SWORDS-MAN

私の名はブリジット・ラ・サムセリア。サムセリア男爵家の人間である。

しかし私は男爵たる父と妾《めかけ》との間に生まれた子。上にいる兄や姉と違ってサムセリア家を継ぐことはない。貴種といえば紛れもなく貴種であろうが、政略結婚の材料とするにも微妙な娘だと思う。有力な商家に嫁げれば良い方だろうか。だがもちろん、そこに私の意思は介在しない。よほどの理由がなければ家の方針に反発することは難しいだろう。

もしも私のような貴族が身を立てるのであれば、己の力でどうにかしなくてはならない。どうにかするということは即《すなわ》ち、己の能力を示し、自立し、相応の職を得るということである。

幸《さいわ》い、私には幼き頃より特別な剣の才があった。

ギフト〝直剣の天賦《アンサラー》〟。

このギフトを持っているだけで剣の習熟効率が上がり、戦闘技能が高まる。ハルペリア貴族において決して珍しいギフトというわけではないが、騎士を目指す人間にとっては垂《すい》涎《ぜん》の才能として扱われている。

上背と力に不安のある女として生まれた私であったが、ギフトがあるならば話は別だ。強力なギフトを持つが故に男ばかりの騎士団でも活躍する女は数多く存在する。これさえあれば、努力を怠《おこた》りさえしなければ、身を立てるための武器となってくれるに違いない。

故に、私は目指したのだ。

別に、騎士団でなくとも構わない。綺羅《きら》びやかな世界でなくとも、私の腕と剣のみで身を立て、成り上がってゆける場所を。貧しくとも、己の力で生きていけるのであればそれで良いのだと。

そうやって意気揚々とレゴールのギルドへと足を運び……紆余曲折《うよきょくせつ》を経て、思い直すことにした。恥ずかしながら、結局親の勧めるままに、中央貴族の護衛騎士となることになったのである。

……あの寒い冬の日、〝アルテミス〟に連れられて赴いた冬の討伐任務では未熟を晒《さら》してしまったが、それが一つの、良いきっかけとなったのだと、私は思う。

都市で中央貴族の護衛。剣術を活かすには少々心もとない仕事場所ではあろうが……これも一つの勉強だ。まずは、やってみなくてはわかるまい。

春。雪解けと共にレゴールから王都インブリウムへと移った私は、クリストル侯爵家のとある令嬢の護衛騎士として働くことになった。

王都には何度も来たことがあるが、やはり街並みの美しさや人の多さはレゴール以上だ。

近頃はレゴールの活気もかなりのものだと聞くが、間近で王都の熱気を見ていると、翳《かげ》りは全く感じられない。まして、貴族街の華やかさなどはレゴールの数段上である。

……この絢爛《けんらん》な王都で、果たしてこの私がやっていけるのだろうか。

騎士団に紛れてただ剣を磨いてきただけの女では、王都のご令嬢の気を煩わせるだけではないかと、未だにそのようなことを考えてしまう。

……まあ、そうだとしても、役目とあらば、可能な限りの力を尽くすつもりではあるのだが……。

「ようこそ、ブリジット。私はステイシー・モント・クリストルだ。会えて嬉《うれ》しいよ」

そんな私の不安を吹き飛ばしたのは、誰あろうその護衛対象本人であった。

社交界にもほとんど顔を出すことのない、やや行き遅れの、病気がちなご令嬢だと聞いていたのだが……。屋敷で私を待ち構えていたのは、健康的に鍛えられた靭《しな》やかな体軀《たいく》を持つ、凜々《りり》しい女性騎士であったのだ。

後頭部でさっとまとめられた黒髪に、ぱっちりとした青い目。朗らかそうな大きな口。

そして背中にはロングソード。私の思い描いていた印象とは全く逆の人物がそこにいた。

……いや、ひょっとすると聞き間違いなのかもしれない。実際は彼女はただの護衛長であるとか。

「ブリジット、返事をなさい。ステイシー様のお言葉を無視するなど無礼ですよ」

「し、失礼いたしました。……お会いできて光栄です、ステイシー様」

いや、護衛長であるはずがない。護衛長はつい先程案内してくださったこちらの方だ。

……そうか、やはりこの凛々しいお方が私の主となる……ステイシー様なのか。

「あっはっは！　まあ、そうなるだろうなーとは思ってた！　……驚かせちゃったね。けど、まあ、私はこんな女だからさ。……じゃあ、ひとまず……」

ステイシー様は背中のロングソードを取り外すと、ニヤリと笑って中庭の方へと顎を向けた。

「新しい護衛としての実力、見せて頂戴よ」

普通はこういう時、戸惑ったり驚いたりすれば良いのだと思う。それが普通で、そういった感性を求められるのだと思って、この王都までやってきた。

けどこの時の私は、なんとなくこんな調子のステイシー様に誘われたことが嬉しくて、ただただ笑みを浮かべてしまったのだ。

「喜んで」

王都で暮らすご令嬢の護衛騎士。最初は退屈な役目かと思ったけれど……案外、そうでもないようだ。

広い中庭には豪奢《ごうしゃ》な庭園の他、整えられてはいるものの、他と比べると殺風景ともいえる質素な芝生《しばふ》だけの広場があった。

綺麗《きれい》に刈られ、そして何度も踏まれた芝だ。聞くところによれば、ステイシー様はよくこの中庭の広場で稽古しているのだという。

「サムセリア男爵から大体の話は聞いてるんだ。貴女《あなた》の実力もね。けど、実際に闘ってみなくちゃわからないでしょう？　さあ、どこからでもかかってきなさい」

護衛対象と顔合わせしたその日だというのに、私はその守るべき対象に木剣を向けている。

なんだかおかしな話だし、話せば父が激怒しそうな状況ではあるものの……剣を構えたステイシー様と対峙《たいじ》していると、そのような雑念は砂地に零《こぼ》した水のように消えてゆく。

「ここから動かないでいてあげる。文字通り、背後からでも来なさいな。なんだったらスキルを使っても良い。こっちも遠慮《えんりょ》するつもりはないからね」

身の丈ほどもある、私の物よりもずっと長大なロングソードを両手に構えた彼女の立ち姿は……隙がない。

病気がちな令嬢だと？　どこがだ。この人はおそらく……私よりも、ずっと強い。

「……いざ、尋常に！」

強者との闘い。ああ、やはり〝これ〟は、心が躍る！

初太刀《しょだち》から背後に回るなど無粋の極み。力の差は承知の上で、真正面から行かせてもらおう！

「素直すぎる。……が、この真っ直ぐな剣。嫌いじゃない」

何度も繰り返してきた踏み込み。何度も繰り返してきた振り下ろし。そこから繰り出される私の全力による一撃は、ステイシー様の剣に呆気《あっけ》なく受け止められていた。

魔力さえ込めた一振りだった。受けを取られるのはわかる。しかし、剣が微動だにしないとは！ まるで鉄柵にでも打ち込んだかのよう……！

「私の持つギフトは〝孤城《ステイシス》〟……その場に数秒立ち尽くしていると、自分の力が大きく強化されるっていう受け身な能力さ」

「ぐっ……！」

「けど、受けに回った時は頼りになる」

押し込めない。背後から来ても良いとはそういうことか。ならば一歩引き、素早く回り込む。遠慮なくいかせてもらおう！

「〝円瞰《サークルアイ》〟」

「むっ……⁉」

ステイシー様からは見えない完全な背後から斬りかかったというのに、それすら止められた！

「これは、背後に視界を生むスキル……か！」

「御名答。わざわざ足や首を動かさずとも、簡単な防御くらいならこれだけで済む。それにッ！」

「ぐッ⁉」

ステイシー様が大きく身体を捻《ひね》り、無茶な体勢から片手で刺突を放ってきた！

……驚いた。なんとなく〝来そうだ〟と思っていたから避けられたが、本当に隙がない……。

「おお、これを避けてみせたか。人の背後を狙う時って、かなり油断しているんだけどね。面白いじゃないの、ブリジット」

「ステイシー様こそ、見事な剣捌《けんさば》きです……！　ギフトとスキルを、上手《うま》く使いこなしておられる……！」

「ふふ、ありがとう。……けど、仁王立ちするだけが私の剣技だと思わないでほしいなぁ？」

このままずっとこちらの攻め手で行くのかと思いきや、ステイシー様が勢いよく踏み込み、今度は自分から突っ込んできた。

が、自らギフトを手放してくれるのであれば好機！

「〝鉄壁《フォートレス》〟！　〝魔力装甲《レイスアーマー》〟！」

「ほう⁉」

防御系スキルを二つ発動し、ステイシー様の一撃を受け止める。

やはり、ただ普通に闘うだけでも私より上だ。〝魔力装甲《レイスアーマー》〟がなければ連撃を受け止め切れなかった。私の未熟だ。しかし、晒された好機はしっかりと摑《つか》ませてもらったぞ！

「〝迅　斬《ソニックスラッシュ》〟」

剣速を大きく上げるスキルを発動し、全力で薙《な》ぎ払《はら》う。この一撃に追いつける者は……！

「残念」

「⁉」

受け止められた。〝魔力装甲《レイスアーマー》〟で防いだ場所から、一瞬で剣を防御に回すなど……しかも、私のスキルを上回って……まさか⁉

「そう、攻防の中で〝立ち止まってしまった〟。それが貴女の敗因」

「ぐあっ⁉」

素早く切り返された剣が私の胴鎧《どうよろい》に衝突し、大きく弾《はじ》き飛《と》ばされる。

私はそのまま受け身も取れずに芝生を転がり……平衡感覚を取り戻そうと片手をついた時点で、喉元《のど》に突きつけられた木剣に気がついた。

「はい、私の勝ちー」

「……お強いです。私が今までに出会った、誰よりも」

「あら、それはとっても嬉しいわ。……貴女も、その若さではかなりのものじゃない」

やれやれ、こっ酷《ぴど》くやられてしまった。そうか、立ち止まっている間強くなるギフト……〝孤城《スティシス》〟。まさかこれほどの短時間で再発動するとは、驚いた。大きく底上げされたステイシー様の力であれば、ただ速いだけの私の剣を防ぐことなど容易だったか……。

私もまだまだ、未熟だ。

「……私は護衛長として、何度かステイシー様の護衛騎士となる者たちの闘いを見てきましたが……ブリジット。木剣とはいえ、貴女ほど迷いなくステイシー様に斬りかかった者は初めてですよ」

「光栄です、護衛長。いえ、ですが私など、まだまだです」

「あはははは っ！」

？　ステイシー様が笑っておられる。……護衛長がまた何かおかしなことを仰《おっしゃ》っていたのだろうか。なにやら気まずそうな顔をしておられるし。

あまり、こういった貴族的なやり取りは得意ではないからよくわからないな……これからはより勉強していかなくては。

「あーおかしい……いや、悪気はないんだ。ごめんねブリジット。貴女、とっても面白い子だね。剣も性根もとても素直な良い子だ」

「ありがとうございます。父からもよく言われます」

「フフ。……まあ、見ての通り、こんな……場所によっては〝剣豪令嬢〟とか呼ばれている私だけど、これからも付き合ってもらえると嬉しいわ」

ステイシー様が私の鎧についた草を手で払い、肩を叩《たた》いた。

「また今後さ、さっきみたいに稽古に付き合ってもらえる？　今度はお互いに手の内を晒した、全力で」

「！　ええ、喜んで！　お相手させていただきます、ステイシー様！」

「あははは！　やった、嬉しい！　いやー助かるよ！　なかなか本気で打ち合える相手もいないから……」

「……はあ、全くもう。ステイシー様、あまり危険な稽古ばかりされては、また侯爵様から大目玉を食らうことになりますよ」

「良いんだよ。どうせいつも目ん玉飛び出てるような顔した兄貴だ。……わかってるって、ちゃんと頻度は低く抑えるから」

深窓の令嬢ではない。護衛するほど儚《はかな》くも、弱くもない。ステイシー様は明るく溌剌《はつらつ》としていて、何より精強な騎士だった。

けど、私の胸は高鳴っている。この方の護衛騎士としてならば、きっと日々を楽しく、刺激的に生きていけそうだったから。

「……稽古ばかりというのもあれだから、ブリジット。貴女のいたレゴールについて、色々聞きたいな。今度ゆっくりと話して頂戴よ」

「レゴールの話、ですか」

「ええ。向こうでは色々新しいものが話題になってるらしいじゃない？　そういうの、教えてよ」

「！　ええもちろんです。レゴールは素晴らしい土地ですから、是非とも色々、お話させてください」

「フフフ、楽しみ」

護衛が始まり、まだ一日も経っていない。

けれど、この方の下であれば、何年でもやっていけるかもしれない。

実務にも入っていないのでちょっと気が早いかもしれないけど、ステイシー様の爽やかな笑みを見た私は、そんな確信を抱いたのだった。

特別書き下ろし番外編②
未亡人様は魔法使い

五年近く前の話になるだろうか。まだ俺が二十四歳の頃で、レゴールでのギルドマン活動にも慣れてきた頃の話だ。

当時の俺は今現在贔屓《ひいき》にしている宿屋、「スコルの宿」に腰を据えたばかりで、まだまだ収集癖もほとんど……あまり……そんなに酷《ひど》くなかった時期である。

その時のスコルの宿は末っ子の育児が大変そうで、女将《おかみ》さんが非常に忙しい時期だった。長女のジュリアの手伝いこそあったものの、宿屋として最低限のサービスにもちょっと差《さ》し支《つか》えるような有様だったためか、客が少なかったのを覚えている。

そんな宿屋でいちいちお湯を用意してもらうのも忍びねえなぁと常々考えていた俺は、水魔法でも覚えれば解決するんじゃねーかと思い、黒靄《くろもや》市場で買った適当な初心者用の指南書を買い、読んでいたのだが……。

「おや。その本、内容がデタラメだよ」

「……お?」

ギルドの片隅で酒を飲みながら読書していた時、声を掛けてきた奴《やつ》がいた。振り返ると、そこには思いの外近距離で俺の本を覗《のぞ》き込《こ》んでいた女がいた。これが、俺とサリーとの最初の出会いだった。

見た目の印象はこの五年後と全く変わっていない。黒のボブカットに眠っているかのような糸目。そして魔法使いらしいローブ。よく見るとローブにはハルペリアの王立学園を示す刺繍《ししゅう》が施されており、女が年若い学生であることを示していた。

どこか不気味な奴だな、というのが第一印象だったし、それは全く正しい印象だった。

「精神統一に用いる香草に効果のないものが多く書かれているね。香炉《こうろ》を使わずに暖炉《だんろ》で燃やすというのも僕は初耳だ。この著者は適当に書いているんだろうね」

「なんだよ。人の買った本にケチ付けないでくれよ」

「素人《しろうと》が書いた偽物の指南書を読むのが趣味なのかい」

「……ほっとけ。高かったんだぜ、これ」

思い起こすとまぁ恥ずかしいもんなんだが、当時の俺はまだまだ他人によそよそしい感じが残っていた。

宿も変えたばっかりだったし、レゴールに本格的に居座ろうって気持ちが再び薄れていた時期だったせいもあるだろう。つまり、まだこの頃は若干の塩対応が多い時期で、知らん相手なんかは緩めに遠ざけていたんだが……。

「あ、この本やっぱり印章がないね。印章がないものは偽物だよ」

「……近い近い。ええ、マジで偽物なのこれ」

「けど挿し絵は悪くない。もったいないな、こんな出来の悪い偽物を作るのにお金を掛けたんだ。ちなみに君はいくらでこれを買ったんだい」

「なにこの子、めっちゃグイグイ来るじゃん……」

サリーは物怖《ものお》じするタイプの人間ではなかった。多分そういう感性を母親の腹の中とかに置き忘れて来たんだと思う。

普通は俺みたいなハーフの人間には自分から近づかないようにするもんなんだが、少しでも興味があることには積極的に食いついてくるのがこいつだった。

「若い子が不用意に男に近付くもんじゃねえぞ」

「僕は若くないと思うけどな。二十六だよ」

「は？　マジかよ年上じゃん……いやでも嘘《うそ》だろ、学園の子だろお前は。そのローブ、明らかに……」

「あ、これは卒業してからも着ているんだよ。生地がしっかりしてて便利でね」

「そんなジャージを卒業後もパジャマにしてるみたいな……」

「ジャージとは？」

「いやなんでもねえけど」

「僕の名前はサリーというんだ」

「いきなり自己紹介挟んできたな……あ、俺はモングレルな」

「その本見せてよ」

「こいつさては自由だな……？」

まあ、思い返してみてもこんな感じだ。今とほぼ変わっていない。

ただ、喋《しゃべ》りのリズムとか順序とかがバグってはいる奴だったが、ギルドマンとしては貴重な知的な話が通じる相手だったので、酒場で偶然会った時なんかは話す仲にはなっていったな。


「え？　サリーお前子供いるのかよ」

「もう十歳になるよ。モモって子でね。魔法もそこそこ使えるようになったけど、伸び悩んでいるというか、なんというか」

「しかもだいぶ若い時に産んだんだな……知らなかったわ。へえ、親子揃《そろ》って魔法使いってのは面白いな」

「そうかな？　親子で魔法使いなんて珍しくもないと思うけど」

「あー、親が若い時から教育できるからか」

「貴族はとりあえず若いうちに最低限の魔法教育はしておくね」

エールを注文して即座に炭酸を抜いたり、好き嫌いが食い物の三割くらいに及びそうなほど偏食だったりと性格方面に難の多い女だが、距離を置いて適当に話す分には悪い相手じゃない。

サリーはゴールドランクの魔法使いってこともあり、時々仕事で一緒になる時にはその実力を十分に発揮してくれた。

いつだったか、緊急任務でレゴール郊外に迷い込んだクレセントグリズリーの討伐に赴いた際に何故《なぜ》か一緒だった時も、良い連携ができていたのを覚えている。

破壊力の高い光魔法を精度良く飛ばす技量。場面に応じて他の属性を使い分ける柔軟性。そりゃゴールド3にもなるよなって実力の持ち主であることを再確認できた。結構大型のクレセントグリズリーだったが、戦いが十数秒で終わったからな。

「いやー、魔法って強いな。支援があるとここまで変わるもんなのか。〝若木の杖《つえ》〟の層が厚くなったら一強になれるんじゃねえの？」

「そうだね。もうちょっと強い魔法使いがあと五人くらい増えればやりたいことができるかもしれない。ああ、でもモングレルも凄《すご》かったよ。ブロンズ3だっけ。それは試験官に差別されて上がれていないの？　そんな実力じゃないと思うけど」

「あー試験官は関係ねえよ、ただ俺が昇格したくねえってだけだ。嫌だろ？　徴兵で最前線まで連れて行かれるの」

「うーん、別に気にしたことはないけどなぁ」

「まあゴールドランク相手に言う事じゃなかったわ。とにかく、色々便利だから今のままでいるだけだよ。差別なんかはされてないから大丈夫だ」

「へー……あ、〝光域探知《レイダー》〟に反応が出てる。向こうの方向から新手が来そうだね、モングレル」

「おう任せろ」

おかわりでやってきた子供グリズリーも難なく討伐し、終了。

他の奴と一緒だったらクレセントグリズリーを討伐したことで大騒ぎしていたかもしれなかったが、サリーと一緒だと淡々と〝終わったねぇ〟くらいで済むから本当に気が楽だ。

無論、だからって俺も本気を出すわけじゃないんだが、見せ札を気軽に多く切っていけるってのは快適だ。日頃から色々と抑えている俺がある程度遠慮《えんりょ》なく力を出せるってのは、悪いもんじゃない。

「うん、やっぱりモングレルがいると前衛が厚く感じるね。〝若木の杖〟で近接役やろうよ。討伐と護衛で安定感が出ると思うんだ」

「誘ってもらえて光栄だよ。その気持ちだけ受け取らせてもらうぜ」

「おお、それは良かった。じゃあ街に戻ったら加入手続きしようか」

「おいおい待て。今のは『入りません』って意思表示だっただろ！」

「あ、そうなの。……残念だな。あ、近々ホームを王都に移すんだけど、それでも？　王都でメンバー募集して遠距離役がもっと伸びると思うし、環境も良いと思うけど」

サリーの戦術眼は凄まじいものがある。どこでどう戦うのが一番なのか、誰を入れればどう上手《うま》く行くのか。それをかなり正確なレベルで即座に見抜けてしまう。だから俺が加入すれば、サリーの言う通りかなり良いとこいけるってのはマジの話なんだろう。だが。

「別にいいよ、王都に特別魅力を感じているわけでもないからな。向こうは差別もより露骨だし、俺はソロで気楽にやってるのが合ってるんだよ」

「そうか……」

その時のサリーの横顔が、珍しく残念そうな感情を表に出していたのを覚えている。

「僕が王都に行ったら、しばらくは会えなさそうだね」

「あー、ホームを移すならそうなるかもな。ま、絶対に会えなくなるってわけでもないだろ。護衛か何かで立ち寄る機会はあるだろうし」

「だと良いんだけどね。まあ、しょうがない。モングレルと一緒に王都観光するのはまた今度だね」

「サリーと一緒に王都観光か。ま、俺も王都に詳しいわけじゃねえからな。またいつか、何かの用で王都に立ち寄った時にお願いするぜ」

「そんな日を楽しみに待っているよ」

この話をした十数日後には、〝若木の杖〟は王都に移籍してしまった。

後から聞いた話では、〝若木の杖〟の王都移籍で当時のレゴールの貴族街は色々と大変だったらしい。〝若木の杖〟で回っていた仕事は、抜けてみればかなり多かったのだそうな。

他所に移ることによって初めて浮き彫りとなる存在感。〝若木の杖〟はやっぱり、色々すげぇパーティーなんだなって思ったよ。

しかし結局それから三年後、〝若木の杖〟は再びレゴールへとホームを移すことになるのだが……再会した時にサリーの様子が全く変わった感じがなかったので、酷く安心したもんである。

再会時のサリーは、思い出と想像の中のサリーの姿そのままだった。俺もこの歳になってくると、昔と変わらないものと再会するのは何故か嬉《うれ》しく感じてしまう。

まあ、向こうも同じようなことは思っているのかもしれないけどな。モングレル全然変わんねえなぁ、みたいなさ。

けどそんな全く変わらないお互いでも、俺は目ざとくサリーの唯一の変化を見つけ出せたんだ。

「サリーお前、そう言えば学園のローブはやめたんだな。さすがのお前でも着るのが恥ずかしくなったのか?」

「ああ、あれねぇ。二年前くらいにお尻のところが擦り切れて薄くなっちゃってね。周りの皆ももうやめろって言うし、さすがにもう無理だということでね。似たような黒いローブにしたわけさ」

「……お前らしい理由で何よりだよ」

特別書き下ろし番外編③

孤高のソロチーム設立秘話

BASTARD・SWORDS-MAN

今より四年ほど前の話になるだろうか。レゴールでの生活にも慣れ、ギルドマンとしてもかなり街に馴染《なじ》んできた頃だ。

サングレール人とのハーフということで風当たりの強い俺も、この頃にはそれなりの人々から認められ、真っ当な人間関係を築けるようになっていた。そうなれば後は必要なのはコミュ力だけというか、やりようはいくらでもあるもんで、人伝《ひとづて》に色々な連中とも仲良くできるようになったわけだ。

が、そうして人と仲良くなるとちょっと面倒なことが出てくる。

俺にとってはそれが、パーティーへの勧誘だった。

「モングレル、うちのパーティーに来ないか？　お前くらいの近接役だったからこっちは大歓迎なんだが」

「あー、すまん。俺は一人の方が落ち着くし好きなんだ……悪いな、また任務が一緒になった時はよろしく頼むよ」

「そうか……そりゃ残念だ。気が変わったらいつでも言えよ？」

特別書き下ろし番外編③　孤高のソロチーム設立秘話

俺はずっとソロでやっている。

討伐も軽い護衛も、ソロの方が気楽だしな。それにいざって時に俺のギフトを使えなくなるのが一番困る。俺のギフトは発動させると絶対に〝おいおい今のなんだよ〟ってなるからな。一人で誰もいない環境でこっそりチートパワーを使うのが一番気楽なので、あまりこのスタイルを崩したくないのだ。

が、そんな理由を大っぴらに触れ回れるわけもないので、少し仲良くなったギルドマンたちからしてみれば〝よくわからんけどなんかソロでやってる奴《やつ》〟でしかない。ワンチャンありそうなら勧誘の一つも掛けるのは当然のことだった。

そして俺はその都度断っていけば良いだけの話なんだが、丁重に断る回数が増えていく度に〝このままじゃさすがにあれかな〟とも思うようになったわけよ。

断れば向こうも無理強いはしない。しかし、こっちとしてはせっかく誘ってもらったのにと気が咎《とが》める。どうにか勧誘されないようにする手段はないもんかねと、日々ぼんやり考えるようになっていた。

ある日、俺はギルドの酒場で一人酒を飲みながら燻製《くんせい》ナッツを齧《かじ》っていた。

二杯目でちょっとふわふわしてきた頭でギルドを眺めながら考えるのは、パーティーの事である。

俺はパーティーに入るつもりはないが、パーティーそのものはちょっと良いなと思っている。なんだかんだ言って名前も格好良《かっこい》いのつけてる所は多いし、パーティーのエンブレムも揃《そろ》って並んでいるとなかなか渋いもんだ。

〝大地の盾〟はカイトシールドの意匠《いしょう》。シンプルで格好良い。

〝収穫の剣〟は×の字に重ねられた剣《ハルペ》。これもまたオーソドックスだがわかりやすくて良い。

〝アルテミス〟は三日月型の弓と矢。デザインはギルドの中でも凝ってるな。この頃のメンバーもなかなか綺麗《きれい》な女が多くて、今と変わらず高嶺《たかね》の花扱《はな》いされていたっけ。

こういうエンブレムが本当に格好良いとね、俺は思うわけよ。シンプルでも簡素でも、統一された印を身に付けているだけで「組織の一員なんだな」って一目でわかるのは便利だなぁって。そのエンブレムが凝ったものであれば更にクールだ。何度もパーティーへの加入を断ってきた俺だったが、エンブレムとかそういう要素は正直かなり羨ましかったのだ。

「あ」

そこで俺は閃《ひらめ》いた。

俺はパーティーに加入したくはないが、勧誘されたくもない。だったら、俺一人だけのパーティーを作って加入していれば良いんじゃねえか？

レゴールのギルドに存在するたった一人だけのパーティー……しかしそこに所属する男モングレルは、一人だけで他の大手パーティーすら凌駕《りょうが》するほどの……おお、テンション上がってきた。

「名案すぎる……今日から俺は真ケイオス卿《きょう》と名乗ることにするか」

「モングレルがなんか言ってるぞ」

「酔っ払いの独り言だな」

そうと決まれば、まずはパーティーの名前を考えるか。いや、一人だけのパーティーではあるけどな。どうせなら格好良いものにしたい。

……とはいえ、厨二《ちゅうに》ネームを使うと後が怖いからな。あまり格好つけすぎると酒場で永遠に弄《いじ》られ続ける未来が見えるぜ。だから名前は無難に、ともすれば地味にすら思える感じのレベルに留めておくことがミソなわけだが……。

「〝牙〟……はちょっとはしゃぎすぎだな。犬……〝犬〟良いな、犬好きだし」

個人パーティーなわけだから、これはもう俺の二つ名になるようなもんだ。つまりあれだよ。ギルドで一人で飲んでる時なんかあれだ、「おい、あいつ……」「ああ……ナントカカントカのモングレルだ……」みたいにな？　言われちゃうわけだよな？

ッカー！　いやぁ、うんそうだな。格好良いな二つ名。良いのを考えよう。

「犬……　〝斑紋《はんもん》の犬〟……悪くないな……」

なおこれは酔っ払いのテンションである。実際に周りのギルドマンがどういう感想を抱くのかは俺にはわからない。しかし少なくともこの時の俺はめっちゃ良い感じの名前できたやんけと思っていた。

「よし、じゃあこれで……いやいや待て、名前が決まったら後はエンブレムか……！」

大事なものを忘れるところだった。パーティーにはエンブレムが必要不可欠。そしてこれは俺個人を表すものであり、名前ほどいじられる要素のないものである。だからもう、ここは完全にカッコ良さ全振りで決めるしかねえ。

「〝斑紋の犬〟なら当然犬だよな……犬……犬の全身だとなんか可愛《かわい》い感じになるからな、顔だけにしておこう。そんでこの顔もロックバンドが採用しそうな、どこかパンクなデザインにして……」

白と黒のまだら模様の雑種犬の頭。よし、描けた。これが俺の……〝斑紋の犬〟のエンブレムだ！

こいつをワッペンにしてな、肩とか背中とかな、バッグとかに付けてな……エンブレムにしようと思うのじゃ。うんうん、格好良いな。悪くない。悪くないというか超良いな。

〝斑紋の犬〟のモングレル……ええやん……。

よし決まった！　後はこいつをミレーヌさんに渡してパーティー登録するだけだぜ！

「やあミレーヌさん。今暇かい？」

「はい、大丈夫ですよ。任務をお探し……ではなさそうですね？」

「ああ。実はな……俺一人だけが所属するパーティーを設立しようと思っていてな」

「まあ」

ミレーヌさんは少し驚いたような顔をしてみせた。

「それでこれがエンブレムで……」

「パーティーは最低でも二人以上からでなければ設立できませんよ？」

「この図案を……えっ？」

「一人ではパーティーを設立できませんし、維持もできません。一人になったパーティーは解散となります」

「……例外とかは？」

「ないですね」

「……」

俺は犬の図案をそっと懐《ふところ》に戻した。

「ミレーヌさん」

「はい」

「エールのおかわりと、チャージディアのジャーキーを一つお願いします」

「はい、かしこまりました」

はい、終了！　ソロパーティーは設立不可だってよ！　はいはい終わりです！

本日をもって〝斑紋の犬〟は……解散するッ‼

「つかァー！　酒うめぇな！」

「今日のモングレル、やけに飲んでるな」

「そっとしておけ、ただの酔っ払いだ」

あとがき
お久しぶりです。『バスタード・ソードマン』作者のジェームズ・リッチマンです。

この度はバッソマン第二巻を手に取っていただき、本当にありがとうございます。

第二巻では、ギルドの賑《にぎ》やかな新メンバーたちが続々と登場し、面白おかしいエピソードが多く展開されましたね。

飲んだり騒いだりお上品な知識対決をしたり……バッソマンらしい話というものを思い浮かべる時、私は今回の巻のような話をイメージします。〝らしい〟話をようやく本にできたので、個人的にとても満足しています。

三巻が出る場合には、今回とはまたもう少し違ったバッソマンの魅力をお見せできるかもしれませんね。そちらは出てからのお楽しみということで……。

ちなみに目次を見ますと三本の書き下ろしエピソードがあるように見えますが、実はしれっと本編に追加されているエピソードが二話くらいありますので、見逃してしまった方はそちらも是非読み直してみてください。


またコミカライズの企画も動き始め、バッソマンは順風満帆《じゅんぷうまんぱん》です。

三巻が出ることがありましたら、またその際も是非本を購入していただき、リッチマンをよりリッチにしてくださいね。

最後に、当作品を作るにあたってお力添えいただいた担当編集者のI様、ファミ通文庫編集部の皆様、様々な誤字や誤用等を指摘していただいた校正者様、お忙しい中素敵なイラストを描いてくださったマツセダイチ様、執筆にあたって様々な面でアドバイスをいただいた恵《え》ノ島《しま》すずちゃん、情緒不安定《じょうちょふあんてい》ゾンビ様、捕食者《ほしょくしゃ》様、ａｌｃｏｈｏｌガスキー様、古代種《こだいしゅ》み様、豆腐《とうふ》様、美味《おい》しそうなにくまんちゃん、そしてＷＥＢ連載版からお付き合いいただいているハーメルン読者の皆様、小説家になろう読者の皆様、本当にありがとうございました。重ねてお礼申し上げます。

それでは皆様、またお会いしましょう。

バスタード・ソードマン２

2023年10月30日　初版発行
2024年9月20日　再版発行

著　者　ジェームズ・リッチマン
イラスト　マツセダイチ
発行者　山下直久
発　行　株式会社KADOKAWA
〒102-8177 東京都千代田区富士見2-13-3
電話 0570-002-301（ナビダイヤル）

編集企画　ファミ通文庫編集部
デザイン　横山券露央（ビーワークス）
写植・製版　株式会社オノ・エーワン
印　刷　TOPPANクロレ株式会社
製　本　TOPPANクロレ株式会社

●お問い合わせ
https://www.kadokawa.co.jp/（「お問い合わせ」へお進みください）
※内容によっては、お答えできない場合があります。
※サポートは日本国内のみとさせていただきます。
※Japanese text only

 ISBN978-4-04-737672-4 C0093　定価はカバーに表示してあります。

月汰元
[イラスト]
himesuz

科学よ、これが
ファンタジー《理不尽》だ!!!!!

[Author]
てんてんこ
[Illustrator] 葉賀ユイ